Aventuras no BOSQUE

NADIA SHIREEN

Tradução de Luisa Facincani

Para Noah.

COPYRIGHT © FARO EDITORIAL, 2023
GRIMWOOD COPYRIGHT © NADIA SHIREEN 2021
PUBLISHED BY ARRANGEMENT WITH SIMON & SCHUSTER UK LTD
1ST FLOOR, 222 GRAY'S INN ROAD, LONDON, WC1X 8HB
A PARAMOUNT COMPANY

Todos os direitos reservados.
Nenhuma parte deste livro pode ser reproduzida sob quaisquer meios existentes sem autorização por escrito do editor.

Milkshakespeare é um selo da Faro Editorial.

Diretor editorial **PEDRO ALMEIDA**
Coordenação editorial **CARLA SACRATO**
Assistente editorial **LETÍCIA CANEVER**
Preparação **TUCA FARIA**
Revisão **CRIS NEGRÃO E THAÍS ENTRIEL**
Adaptação de capa e diagramação **REBECCA BARBOZA**
Ilustrações **NADIA SHIREEN**

Dados Internacionais de Catalogação na Publicação (CIP)
Jéssica de Oliveira Molinari CRB-8/9852

Shireen, Nadia
Aventuras no bosque / Nadia Shireen ; tradução de Luisa Facincani.
São Paulo : Faro Editorial, 2023.
224 p. : il.

ISBN 978-65-5957-413-1
Título original: Grimwood

1. Literatura infantojuvenil inglesa I. Título II. Facincani, Luisa

23-3277   CDD 028.5

Índices para catálogo sistemático:
1. Literatura infantojuvenil inglesa

FARO EDITORIAL

1ª edição brasileira: 2023
Direitos de edição em língua portuguesa, para o Brasil, adquiridos por FARO EDITORIAL

Avenida Andrômeda, 885 — Sala 310
Alphaville — Barueri — SP — Brasil
CEP: 06473-000
www.faroeditorial.com.br

NENHUM ANIMAL (de verdade) FOI FERIDO NA CRIAÇÃO DESTE LIVRO.

OI, PESSOAL!

Eu sou o ERIC DINAMITE e vou aparecer de vez em quando pra fazer comentários. Aposto que vocês não esperavam por isso, né? É uma surpresa pra mim também pra falar a verdade. Costumo ser motorista de ônibus.

tatuzinho

De qualquer forma... vire a página e mergulhe em uma história empolgante!

SUMÁRIO

CAPÍTULO 1 – Ted e Nancy _____ 5
CAPÍTULO 2 – Aquela gata do mal _____ 19
CAPÍTULO 3 – O cachorro-quente da discórdia _____ 29
CAPÍTULO 4 – A morte do Tony Fungafunga _____ 45
CAPÍTULO 5 – Aquela confusão com o cavalo gigante _____ 49
CAPÍTULO 6 – A toca _____ 65
CAPÍTULO 7 – A grande excursão _____ 85
CAPÍTULO 8 – Titus faz café _____ 103
CAPÍTULO 9 – Os atores do bosque _____ 115
CAPÍTULO 10 – Troncocurutando _____ 139
CAPÍTULO 11 – Muita cauda nessa hora _____ 153
CAPÍTULO 12 – O pântano _____ 169
CAPÍTULO 13 – A Princesa e o Desligador de Cérebros _____ 184
CAPÍTULO 14 – Atacar! _____ 197
CAPÍTULO 15 – A Torre Mágica _____ 206
CAPÍTULO 16 – Dando adeus ao bosque _____ 215

CAPÍTULO 1
Ted e Nancy

Este é o Ted.

E esta é a Nancy.

Como muitas raposas, eles viviam em uma cidade grande. A Nancy era a raposa mais corajosa e ousada que o Ted já conheceu. Ele não se lembrava de ter uma mãe ou um pai, mas sempre teve a Nancy. Ela se preocupava que ele tivesse comida e um lugar quente para dormir.

Além de cuidar do Ted, a Nancy gostava de andar pela cidade com seus amigos. Ela conhecia cada rua, cada beco escuro, cada lixeira e cada esconderijo. A Nancy era **DURONA**. Ela não tinha tempo pra rir, cheirar flores ou ler histórias em quadrinhos. Mas a Nancy não precisava dessas coisas. Não mesmo.

O Ted, por outro lado, era um filhotinho muito fofo. Ele gostava de ficar próximo da toca, que estava escondida no meio de alguns arbustos no canto de um parque enorme. O Ted adorava rolar por aí na grama à luz do sol, xeretar entre galhos e folhas e lamber casquinhas de sorvete caídas no chão. E de vez em quando, a Nancy dava um lanchinho pra ele.

Que delícia...

A Nancy preferia tomar café.
Café a mantinha ALERTA.

Mas às vezes, quando a Nancy bebia café demais, começava a tremer e latir, e o Ted tinha que se sentar na cabeça dela pra acalmá-la.

Sim, o Ted e a Nancy eram uma ótima dupla, e tinham tudo de que precisavam. Bom, quase tudo. Dia desses, o Ted percebeu uma sensação estranha e dolorida no peito. Ele a sentia toda vez que observava a Nancy sair, deixando-o sozinho na toca. E também quando a via conversando com as suas amigas raposas: Zoeira e Fuzuê. Ele a sentia quando via pequenos humanos fofos no parque de mãos dadas com seus grandes humanos. Às vezes, o Ted a sentia de noite, quando se sentava no topo de uma grande pedra, olhava pro imenso céu escuro e dava um suspiro pesado.

Certa tarde, o Ted estava encolhido dentro da toca quando ouviu uma música. Tinha alguém tocando violão. E aí uma vozinha alta e esganiçada começou a cantar uma canção suave.

Ah, olá, meu grande camarada,
Ah, olá, meu doce amigo,
Eu nunca me sinto sozinho
Quando você está comigo.

    Abra um sorriso e segure a minha mão,
    E juntos, eu e você,
    Vamos rir, e cantar, e dançar, e pular,
    Mandando embora a solidãããooo.

O Ted se arrastou pra fora da toca.

— É isso! — ele gritou. — Eu me sinto **SOZINHO!** Preciso de amigos.

Ele olhou pro gafanhoto que tinha cantado a música.

— Olá! **VOCÊ** quer ser meu amigo, gafanhotinho? — o Ted perguntou. — Você gosta de cantar, eu gosto de cantar. Temos muitas coisas em comum!

— Vaza daqui! — E o gafanhoto saltou pra longe.

A cauda do Ted se abaixou, mas depois ele esfregou as mãos. Pelo menos, agora que sabia o que era aquela sensação dolorida no coração, ele podia começar a dar um jeito nela. E não há momento melhor do que o agora para isso.

Naquele instante, ele ouviu um barulho vindo da lixeira.

Pruuu... pruuu... pruuu... Tem catchup por aí? Pruuu... pruuu... Não vejo nenhum. Ah, que tal maionese? Pode ser, eu acho... pruuu... pruuu...

Dois pombos, empoleirados na beirada da lixeira, bicavam migalhas de salgadinho, maçãs e sabe-se lá mais o quê.

— Olá! — Ted já tinha visto esses pombos antes; um deles tinha apenas uma pata, e o outro usava óculos de sol.

— Vá embora! — disse o pombo de uma pata só.

— O meu nome é Ted. Eu me lembro de você! — Ted afirmou.

O pombo o encarou.

— É claro que você lembra. — O pombo com óculos de sol fez uma careta. — A sua irmã arrancou a pata dele numa mordida.

— Ah... — Ted ficou vermelho. — Eu sinto muito.

— O que você quer, garoto? — perguntou o pombo de uma pata só.

— Bem... — Ted deu de ombros. — É que eu vejo vocês por aqui e me sinto um pouco sozinho na minha própria toca. Então eu queria saber se vocês gostariam de ser meus amigos?

Os pombos balançaram a cabeça.

— Tá de brincadeira, colega? — O pombo de uma pata disse. — Eu gostaria de manter minha outra pata, obrigado.

Aí os dois saltaram e planaram até outra lixeira bem, bem longe.

— Ah, tudo bem — disse Ted, consolando a si mesmo. — Pelo menos você tentou. É isso o que importa.

Ele estava prestes a inventar uma canção sobre isso quando avistou duas figuras sentadas no banco do parque. Elas tinham bigodes! Tinham caudas! O nariz do Ted se contorceu de medo. **GATOS!** Um deles esvaziava uma lata de alguma coisa, enquanto o outro se lambia.

Ted choramingou e tentou se arrastar pra longe dali. Ele ergueu uma pata e a colocou devagar no chão... levantou a outra e a colocou devagar no chão... e ergueu outra pata e...

UHUUUU! VAMOS FESTEJAR!

Ted havia pisado sem querer no Soluço, o corvo festeiro.

— SHHHHH! — pediu Ted.

Mas Soluço soprou um apito muito alto e, logo em seguida, berrou:

HORA DA FESTA — ATIVAR!

Os gatos pularam de susto e encararam Ted com seus assustadores olhos amarelos.

— **AAAAAAAH!** — gritou Ted e correu de volta pra toca o mais rápido que as suas patinhas peludas permitiram.

Nancy estava na toca com suas amigas, Zoeira e Fuzuê. As três brincavam de fazer caretas engraçadas e tirar fotos umas das outras com os seus celulares quando Ted surgiu diante delas, de olhos arregalados e ofegante.

— O que há com você? — perguntou Nancy.

Ele apontou pra trás, choramingando e pulando no mesmo lugar.

Nancy segurou as orelhas do Ted e, lentamente, as acariciou até que ele se acalmasse.

— Ga... ga... gatos! — ele, por fim, gaguejou.

— Era ELA? — perguntou Nancy de forma brusca.

Ted negou com a cabeça.

— Bom, então não entre em pânico! Os outros gatos não vão fazer nada com você, Ted.

Ele suspirou e se arrastou até o seu canto da toca.

Nancy revirou os olhos pra Zoeira e Fuzuê. Ela e Ted teriam que conversar.

— Vejo vocês mais tarde, beleza?

— Beleza, Nancy, até mais — respondeu Zoeira.

Ted estava encolhido em um canto, agarrado à Pantufa — uma velha pantufa com um sorriso desenhado —, que ele ganhara ainda filhotinho. Nancy se sentou ao seu lado.

— Quando a mamãe e o papai voltam para casa, Nancy?

Nancy suspirou.

— Não sei, Ted. Eles não disseram.

— Mas... eles vão voltar, né? Eu adoraria saber como eles são.

Nancy não respondeu. Apenas olhou pro nada, enquanto Ted permanecia sentado em silêncio, ouvindo o barulho da chuva e o ruído distante do tráfego.

Depois de um tempo, ele falou de novo:

— Nancy, por que os gatos nos odeiam tanto?

Ela enrolou a cauda volumosa em torno do Ted.

— Não são todos que nos odeiam, querido. Apenas alguns deles. E você sabe o motivo, não é?

— É por causa daquela gata do mal? — Ted arregalou os olhos.

— Sim. É por causa daquela gata do mal.

CAPÍTULO 2
Aquela gata do mal

Essa é Princesa Amorzinho.
Ela era uma gata. Uma gata do mal.

Diz a lenda que, alguns anos atrás, a Princesa Amorzinho vivia em uma mansão imensa. Sua dona era uma senhora rica que vestia roupas muito chiques até mesmo quando ia à loja da esquina pra comprar a comida de gato preferida da sua gata mimada. A Princesa Amorzinho ia a todo canto com ela, carregada em uma grande bolsa roxa pra que nunca sujasse as preciosas patas. Sua vida era perfeita.

Mas um dia, sua dona engasgou com um picles e foi levada em uma ambulância. Princesa Amorzinho se deitou nos lençóis de cetim da cama da sua dona e miou. Muitos dias se passaram, e, por fim, ela percebeu que sua dona não voltaria. Amorzinho teria que encontrar o seu próprio caminho neste grande mundo cruel.

↑ picles assassino

Ela vagou pelas ruas, faminta e perdida.

Mas um dia ela farejou o cheiro de algo fabuloso.

— Huuuuuum! — Princesa Amorzinho lambeu os lábios e caminhou em direção ao cheiro, esperando encontrar uma grande loja chique ou talvez um restaurante refinado. Mas em vez disso encontrou...

Bom. Certamente não era chique, mas pra Princesa Amorzinho era como um paraíso. Ela disparou beco abaixo ao lado da loja; sua barriga roncava. Escalou o muro de tijolinhos, desceu do outro lado e viu...

Raposas. Muitas raposas.

Elas rasgavam as sacolas de lixo do **Franguinho Ligeiro** que tinham sido empilhadas ao longo do dia, roubando toda a comida gordurosa e pegajosa que havia dentro. Princesa Amorzinho conseguiu enxergar três lixeiras enormes, cada uma do tamanho de um carro pequeno. Gatos, ratos, pombos e camundongos também saltavam ao redor, mastigando pedaços de cartilagem e de pão meio comido. Amorzinho andou discretamente e se lançou sobre os restos de um frango frito. Ah, estava delicioso! Ela nunca tinha provado algo assim, e roeu os ossos em segundos, deixando-os sem nada.

— Hum, posso? — perguntou outro gato, apontando para os ossos que sobravam.

— O quê? — disse Princesa Amorzinho com rispidez.

— Você não quer os ossos? — perguntou o gato, gentilmente.

— Não — respondeu Princesa Amorzinho, que estava acostumada a comer pedaços macios e delicados de carne.

— Ótimo! — E o outro gato passou a chupar e mastigar os ossos de frango.

Depois de um tempo, ele disse animado:

— Você deve ser nova por aqui. Eu sou o Bingo! É um prazer te conhecer. Vou te dar um conselho: não desperdice comida. Aqui tem o suficiente pra alimentar todos nós, mas é pouco. Existe um sistema, sabe?

E ele voltou a mastigar os ossos.

Princesa Amorzinho fechou a cara.

— O que você quer dizer com... "sistema"? — ela quis saber.

— Bem... — Bingo lambeu os beiços. — É simples, na verdade. Existem três lixeiras. As raposas comem na azul, os gatos, na verde, e os ratos, pombos, camundongos e outros animais na vermelha.

Princesa Amorzinho torceu o focinho.

— Quer dizer... quer dizer que vocês dividem? — Ela mal conseguiu pronunciar a palavra.

— Aham! — confirmou Bingo.

Princesa Amorzinho sentiu seus pelos se arrepiando. **DIVIDIR?** Ela nunca teve que dividir nada na vida. Ela rosnou e torceu o focinho. Tudo parecia **MUITO ERRADO**. Algo teria que ser feito.

Ao longo das semanas seguintes, a Princesa Amorzinho devorou o máximo de comida que conseguiu do **Franguinho Ligeiro**. Noite após noite, ela se sentava ao

lado da lixeira verde, esperando as sacolas com restos chegarem. **E ROSNAVA** pra qualquer um que ousasse chegar muito perto. Ela se tornou engordurada e encardida. Em pouco tempo, todo mundo da Cidade Grande sabia quem ela era.

— Por que vocês são tão molengas? — perguntou ela aos outros gatos, certa noite. — Vocês deixam aquelas **RAPOSAS** imundas pegarem os melhores pedaços.

Alguns dos gatos murmuraram concordando, embora muitos continuassem apenas se lambendo.

— Nós, gatos, precisamos nos defender! — gritou Princesa Amorzinho, que agora reunia uma pequena multidão. — Por muito tempo tivemos que nos sentar e observar as raposas comerem até o último pedaço de comida por aqui...

Bingo parou de se lamber e ergueu a pata pra lembrar a todos sobre o sistema de divisão de lixeiras, mas ninguém parecia interessado em escutá-lo.

— É hora de retomar o controle das nossas lixeiras! — gritou Princesa Amorzinho, erguendo uma pata fechada no ar.

A maioria dos gatos revirou os olhos e se afastou. Mas alguns vibraram.

— Recuperar as nossas lixeiras! — eles gritaram. — Expulsar as raposas!

Princesa Amorzinho esperou até que o grupo de gatos ficasse em silêncio. Ela os encarou com seus olhinhos brilhantes e, em seguida, berrou:

— Não vamos descansar até que todas as lixeiras sejam nossas!

Os gatos miaram ainda mais alto. Alguns até começaram a bater latas.

— Que a batalha comece! — rosnou Princesa Amorzinho, mordendo com raiva a ponta de uma salsicha.

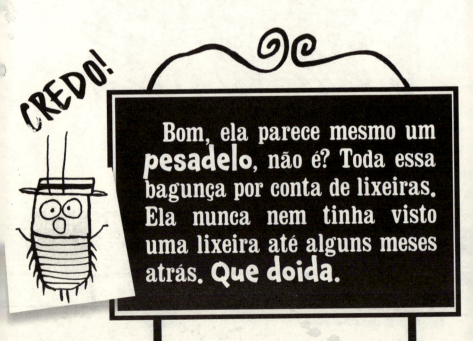

CREDO!

Bom, ela parece mesmo um **pesadelo**, não é? Toda essa bagunça por conta de lixeiras. Ela nunca nem tinha visto uma lixeira até alguns meses atrás. **Que doida.**

CAPÍTULO 3
O cachorro-quente da discórdia

A terrível Princesa Amorzinho não suportava nenhuma raposa, mas a que ela mais detestava era a Nancy — porque Nancy era corajosa, esperta e não tinha medo nenhum dela. A Princesa Amorzinho tentou vários planos perversos pra se livrar das raposas. Mas, mesmo assustando o Ted de vez em quando, ela não conseguia ser mais esperta do que Nancy, mesmo atirando nela as bananas mais podres que encontrava.

— Aquela gata é do mal — disse Nancy, no momento em que ela e Ted chegaram à toca, certa ocasião, depois de uma briga com a Princesa Amorzinho nas lixeiras, onde ela os havia bombardeado com bananas asquerosas. — Ela deveria ter ficado na sua casa chique em vez de vir pra cá e tentar causar problemas.

— Ela não vai me machucar, vai, Nancy? — Ted tirou um pedaço de casca de banana do pelo.

— Não enquanto eu estiver por perto — afirmou Nancy. — Só não vá até as lixeiras sozinho, está bem?

Choveu **banana** por aqui, pessoal.

O Ted era uma boa raposinha e tentou ao máximo fazer o que Nancy lhe dissera. Mas a dor no seu peito não tinha passado. Ele a sentia mais forte quando Nancy perseguia carros com Zoeira e Fuzuê, enquanto ele se sentava sozinho, observando as estrelas. E era assim que se sentia em uma certa noite. Ele estava entediado, sozinho... e muito faminto. Queria um cachorro-quente. Fechou os olhos, mas ainda assim tudo o que via eram cachorros-quentes. Ted resmungou e deu tapinhas na barriga. Mesmo uma boa raposinha como Ted não podia ignorar um estômago que resmunga.

Ted saiu da toca e caminhou até o **Franguinho Ligeiro,** de olhos bem abertos pra não dar de cara com a Princesa Amorzinho e a sua gangue de gatos terríveis. O coração dele batia descontrolado à medida que escalava o muro.

Ao ver que a barra estava limpa, correu até a beirada da lixeira das raposas, onde se sentou e observou um grupo de roedores se exercitando. O pombo de uma pata só bicava uma bandeja de salada, e o seu amigo tentava completar uma palavra-cruzada de jornal. A impressão do Ted era de que todos que observava tinham um amigo, menos ele. A Princesa Amorzinho, no entanto, não estava em lugar nenhum.

Ted dirigiu sua atenção pra lixeira. Uma sacola já tinha sido rasgada, e ali, em cima de uma pilha de cascas de banana (eeeeca, Ted pensou), estava um cachorro-quente grande, saboroso e suculento. Huuuum, pensou Ted. Parecia quase tão bom quanto os cachorros-quentes dos seus sonhos. Uma salsicha quentinha e deliciosa, encharcada de catchup e mostarda, dentro de um pão branco, macio e fofinho.

Ele o pegou, fechou os olhos e mordeu.

Ted berrou: MIAAAAAAAAAAAU!

Aaaaargh!

Ao olhar pra baixo, ele viu nas suas patas uma cauda de gato enfiada dentro do pão de cachorro-quente.

Caramba! Não é à toa que o pão era tão fofinho!

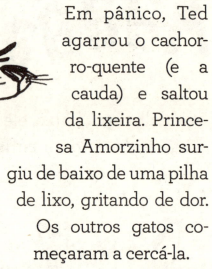

Em pânico, Ted agarrou o cachorro-quente (e a cauda) e saltou da lixeira. Princesa Amorzinho surgiu de baixo de uma pilha de lixo, gritando de dor. Os outros gatos começaram a cercá-la.

— Agora você tá encrencado, seu fedelho! — Um deles miou pro Ted, arreganhando os dentes.

O coração do Ted batia forte, e ele sentia que estava prestes a chorar.

— Ah, é? Quem disse? — uma voz rosnou das sombras.

— Nancy! — Ted gritou.

Nancy, Zoeira e Fuzuê formaram um círculo ao redor do Ted.

— Foi um acidente! — Ted choramingou. — Eu não sabia que ela estava lá!

Princesa Amorzinho cambaleou sobre as patas.

— Já chega! — Ela apontou pro Ted. — Você já era, raposinha!

Tudo aconteceu muito rápido depois disso.

Nancy trocou olhares com Zoeira e Fuzuê, e ambas concordaram com a cabeça. Em seguida, ela agarrou Ted pela nuca e saltou sobre o muro do **Franguinho Ligeiro**. Ao colocá-lo no chão, ela ordenou:

CORRE!

Eles correram e correram e correram até estarem de volta à toca.

— Acho que vamos ter que encontrar outro lugar pra morar por um tempo — comentou Nancy, ofegante.

— Não! — gritou Ted.

Triste, Nancy chutou uma lata, que bateu em uma lixeira, e acertou a cara de um caracol desavisado.

— Não podemos ir embora! Pensei que íamos esperar pela mamãe e pelo papai! — Os olhos do Ted estavam cheios de lágrimas. — Você disse que um dia eles voltariam!

Nancy olhou pro irmãozinho todo sujo. Ele tinha grandes olhos marrons confiantes e um tufo de pelos entre as orelhas. Quando Ted parecia triste, o coração dela doía. Nancy suspirou.

— Olha, eu prometi a eles que sempre te manteria a salvo. Mas não sei se estaremos a salvo aqui. Quer dizer, você acabou de arrancar a cauda da Princesa Amorzinho, Ted!

— Foi sem querer! — Ted fungou. Ele ergueu a cauda desgrenhada. — O que devo fazer com isto, Nancy?

— Guarde na sua mochila — ela respondeu. — A Amorzinho deve estar furiosa. Precisamos ser discretos agora. Arrume suas coisas. Em breve ela terá contado a todos os gatos na Cidade Grande, e não teremos onde nos esconder.

— Ma-ma-mas pra onde iremos? — choramingou Ted.

— Não sei. Estou pensando. Olha, você pode deixar um recado pra mamãe e pro papai, por via das dúvidas, tudo bem?

Puxa, já está muito COMOVENTE, né?

Queridos mamãe e papai,

Olá! Espero que vocês estejam bem. Se estiverem lendo isto, então finalmente voltaram ao parque. Ubu! Mas ao mesmo tempo puxa, porque eu e a Nancy tivemos que ir embora por um tempo. Uma gata horrível tem nos intimidado há tempos. Agora eu, acidentalmente, arranquei a cauda dela, e ela não ficou muito feliz com isso. Não sei pra onde estamos indo, mas se vocês encontrarem este bilhete, POR FAVOR, não se esqueçam de nós. Vou tentar mandar mais cartas. Estou muito maior agora do que da última vez que vocês me viram, provavelmente. A Nancy cuida muito bem de mim, então não se preocupem.

Amo vocês.
Beijos,

TED

Ted estava com dificuldade pra andar sob o peso da mochila. Nancy fazia caretas e mordia o lábio conforme eles se arrastavam. Ela não pode estar preocupada, pensou Ted. Nancy nunca está preocupada.

Então, do nada, alguma coisa acertou a cabeça do Ted.

Ai!

Era uma latinha vazia de refrigerante.

— Mil desculpas! — disse uma voz atrás dele. — Estou aqui!

Ted esfregou a cabeça e, ao olhar pra trás, viu uma coisinha peluda e marrom, vindo na sua direção. Conforme se aproximava, Ted notou que era um rato. E quando chegou ainda mais perto, ele notou que era um rato que vestia uma camiseta com uma carinha sorridente.

— Oi! — o rato o cumprimentou, erguendo a pata de forma amigável. — Sou Sven! É tão bom te conhecer!

— Ahn... oi. — Ted acenou pro roedor gordinho ofegando aos seus pés.

— Eu não te conheço?

— Sim, estou sempre nas lixeiras do **Franguinho Ligeiro** me exercitando! — afirmou Sven. — Sou um rato super-mega-ultra em forma. Dá uma olhada!

O rato, de repente, se deitou no chão e fez três flexões muito rápidas. Em seguida, fez outras um pouco mais devagar. E por fim, fez uma que demorou séculos, mas Ted fingiu não notar.

Quando Sven finalmente terminou as flexões, virou-se pro Ted.

— Ouça, raposinha, você sempre pareceu um garoto bacana...

— **TED!** — gritou Nancy, parada sob um poste de luz e olhando pra ele da rua. — **ANDA LOGO.**

— Eu vi o que aconteceu nas lixeiras, mais cedo. Sei que vocês precisam de um lugar pra se esconder por um tempo — disse Sven. — Então, pronto. Toma aqui.

O ratinho enfiou um pedaço de papel amassado nas patas do Ted.

— O que é isso? — Ted quis saber.

— Um mapa — respondeu Sven. — Ele vai levar vocês a um lugar seguro, bem longe daqui. Um bosque lindo e fantásticoo

Acho que esse é um papel **importante**, pessoal.

As orelhas do Ted se levantaram.

— Um bosque? Um bosque de verdade? Com folhas, e grama, e lama, e tudo o mais?

Sven sorriu.

— Sim, claro, um bosque! Cheio de animais selvagens e livres, e sem gatos nojentos ou latas de lixo ou qualquer outra coisa assim. Exatamente o tipo de lugar onde uma raposa deveria estar.

Ted saltava de um pé pro outro. Isso parecia brilhante. Seu desejo sempre foi viver como uma raposa de verdade, correndo e cavando buracos na natureza, sujando as patas de lama e assustando coelhos.

Ted olhou o mapa.

— Grimwood? — Ele encarou Sven.

— Isso aí. — O olhar do Sven se tornou distante e sentimental. — Grimwood. O meu lar.

— Por que você se mudou pra Cidade Grande? — perguntou Ted.

Sonhador, Sven olhava o horizonte.

— Por amor — afirmou, misteriosamente. E então, cerrou as pálpebras e gritou no ar, antes de enxugar os olhos com um lenço minúsculo: — **BELINDA! POR QUÊ????**

Num esforço pra se recompor, Sven falou:

— Me desculpe por isso. De qualquer forma, sim, Grimwood! Vocês devem ir.

— E você tem certeza de que não seremos devorados? — indagou Ted.

— Ahn... não! Quer dizer, sim. Quer dizer, não. Ok, talvez. Primeiro vocês devem achar um rato chamado Tony Fungafunga. Ele me conhece. Digam ao Tony quem vocês são, e estarão a salvo! Bom, pode ser.

— Uau! — exclamou Ted. — Obrigado, Sven.

Quando Ted se abaixou pra cumprimentá-lo, Sven já tinha calçado os seus patins e patinava de volta ao **Franguinho Ligeiro.**

— Não se preocupe, garoto — ele gritou. — Boa sorte. E lembre-se: haja o que houver, encontre o TONY FUNGAFUNGA! O nome é **TONY FUNGAFUNGA!!!**

CAPÍTULO 4
A morte do Tony Fungafunga

— Ah, que bela manhã! — Tony Fungafunga abria as cortinas, sorrindo pro mundo do lado de fora das suas janelas.

Ele se sentia o rato mais feliz do mundo. Comera um café da manhã fantástico com panquecas cobertas de chantili, bananas fatiadas e fios de melaço. No dia anterior, sua namorada, Sônia, dissera que o amava. E ele finalmente tinha conseguido terminar o quebra-cabeça de mil peças da Torre Eiffel, que demorou uma eternidade.

Tony conferiu seu reflexo no espelho.

— Tá bonitão, garoto! — ele disse, fazendo joinha com os dedos pra si mesmo. O seu pelo estava muito bom, algo que costuma ser difícil pra um rato.

Ele ouviu uma **BATIDA** na porta e notou que uma carta havia caído no seu capacho.

— Que emocionante! — guinchou, porque era sempre divertido receber correspondência. — Carta, carta, carta!

Empolgado, caminhou até o capacho.

— Carta, carta, carta — sussurrava enquanto abria o envelope.

Ao desdobrar o papel, Tony ofegou.

PARABÉNS!

Prezado sr. Tony Fungafunga,
O senhor acaba de ganhar um enorme prêmio em dinheiro sem motivo algum! Para recebê-lo, basta que leve esta carta ao Banco Grimwood e a apresente ao gerente, que lhe dará pacotes de dinheiro imediatamente. Vá em frente. Neste exato momento, está bem? Obrigado, tchaaaau!

Atenciosamente,
O gerente do Banco Grimwood

Tony abraçou a carta. Era mesmo o melhor dia da sua vida!

Ele vestiu o chapéu e calçou as botas mais elegantes que possuía, colocou a carta no bolso do colete e abriu a porta da sua caixa de papelão. Deu um passo em direção à luz do sol e inspirou profundamente o ar fresco.

— Como eu amo viver nesse bosque maravilhoso! — disse. — É um dia perfeito! Nada, nada mesmo, pode dar errado em um dia lindo como este.

E ele estava prestes a cantar uma alegre canção quando sua cabeça foi arrancada por uma águia enorme.

CAPÍTULO 5
Aquela confusão com o cavalo gigante

Pâmela (que era a águia enorme) voou de volta ao seu ninho e limpou o bico com um lenço.

— Ah, Tony, você estava tão saboroso quanto eu imaginava... — Ela agitou as penas, soltou um arroto delicado e sentou-se diante da máquina de escrever pra fazer outra carta falsa a ser entregue à vítima do dia seguinte.

Uma grande coruja aterrissou em silêncio ao seu lado.

— Isso foi muito cruel — afirmou Frank, que acima dos olhos inspirados de sabedoria, tinha duas sobrancelhas gigantes que pareciam lagartas. — Tony era um camarada adorável.

— Um pássaro tem que se alimentar. — Pâmela deu de ombros. — De qualquer forma, eu só arranquei a cabeça. Ele ainda tem os braços e as pernas, não é tão ruim.

Frank estava prestes a responder quando notou algo muito estranho. Tão estranho que ele até disse "Que estranho!" em voz alta.

Alguma coisa misteriosa se movia entre as folhas lá embaixo. Ele voou pra perto da Pâmela e parou a máquina de escrever com uma garra firme.

— Olha, Pâmela. — Ele indicou com a cabeça. — Ali embaixo. Tem algo se movendo.

Um pedaço de grama sob o carvalho se movia, como se algo gigante estivesse cavando das profundezas do subsolo até a superfície.

— É a **TOUPEIRA GIGANTE DA BRATISLAVA!*** — disse Pâmela, que entrava em pânico com facilidade. — Ou minhocas! As minhocas finalmente se transformaram! Eu sabia que aconteceria! Elas se uniram de várias partes do mundo pra formar um EXÉRCITO DE MINHOCAS!!!

*Atenção! Pelo que sabemos, a Toupeira Gigante da Bratislava não existe.

— Acalme-se, Pâmela — pediu Frank estreitando os olhos. Ele estava se preparando para atacar.

De repente, houve uma erupção de terra e folhas.

— **AS MINHOOOOOCAS!** — gritou Pâmela, inutilmente.

Frank observou duas criaturas se arrastando pra fora do buraco. Ele estreitou os olhos, mas não conseguiu identificar o que era.

— Vou buscar o Titus. — E Frank alçou voo pelo céu.

As raposas olharam ao redor enquanto recuperavam o fôlego. Tinham cavado por muito tempo, e as suas patas estavam cansadas e doloridas.

— É aqui? — Ted limpava a lama dos olhos.

Nancy tirou uma minhoca do nariz e olhou ao redor outra vez.

— Huuum... — Ela baixou os olhos pro mapa do Sven e o girou algumas vezes.

— E aí? — indagou Ted. — O que você acha, mana? O mapa funcionou? Estamos no lugar certo?

— Huuuum... — ela repetiu.

Nancy cheirou o mapa. Ele a estava irritando. Então, ela o enfiou na boca e o engoliu.

— Nancy! — gritou Ted.

— Ele estava me olhando estranho. — Nancy franziu as sobrancelhas.

As raposas contemplaram os arredores por um tempo. Ted respirou fundo algumas vezes. Não sentia o cheiro de carros, humanos ou restaurantes de frango frito. E as árvores! Elas se erguiam bem acima da sua cabecinha de raposa.

— Os galhos parecem com teias de aranha gigantes dançando no

céu — ele sussurrou, juntando as patas. Sentia vontade de escrever um poema sobre isso, mas, antes que pudesse pedir uma caneta à Nancy, ela o acertou na cabeça com o celular.

— Não consigo nenhum sinal! — rosnou. — Que pesadelo! Você tem sinal?

— Eu não tenho celular, Nancy. — Ted esfregava o local atingido. — Você disse que eu não podia ter um até ficar mais velho.

— Ah, é. Ei, se abaixa rapidinho.

Ela subiu nas costas do Ted e segurou o celular o mais alto que pôde, balançando-o pra tentar encontrar um sinal.

De repente, eles ouviram um

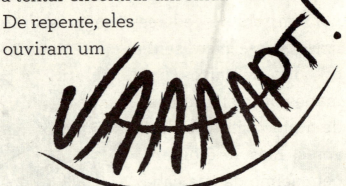

UAAAAPT!

quando algo mergulhou do céu e tomou o celular da Nancy.

Ted se escondeu atrás de um tronco.

— Ei! — berrou Nancy. — Volta aqui!

Mas a Pâmela zuniu alegre pro céu. Ela deu uma gargalhada maldosa e fez uma acrobacia antes de desaparecer nas árvores.

Ted espiou devagar por trás do tronco.

— O... o que era aquilo? — choramingou.

— Um pássaro gigante! — resmungou Nancy. — E levou o meu celular! Ele vai se arrepender, aquele estúpido narigudo.

— Acho que devemos começar a procurar o Tony.

— Quem?

— O Tony Fungafunga! O rato de quem o Sven nos falou. Ele poderá nos dizer o que fazer.

Nancy franziu a testa.

— Não precisamos que ninguém nos diga o que fazer. Estamos em um bosque no meio do nada. Nós vamos é nos esconder por um tempo, isso sim.

— Mas o que vamos comer, Nancy? Não sinto o cheiro de nenhum restaurante de frango, ou lixeiras, ou carrinhos de lanche.

Nancy tinha que admitir que seu irmão estava certo. Tudo o que ela conhecia era a Cidade Grande. Nas ruas lotadas e barulhentas, ela sabia como se virar. Mas agora, Nancy sentia algo esquisito no estômago. Era uma sensação silenciosa e agitada, como se houvesse uma máquina de lavar na sua barriga.

— Quer um biscoito de gengibre, Nancy? — ofereceu Ted, gentilmente. — Acabei de achar alguns no fundo da mochila.

— Boa, garoto!

— O que eu faço com isto? — Ted desenrolou a cauda da Princesa Amorzinho.

— Faça um chapéu ou qualquer outra coisa, não importa — disse ela, se espreguiçando e bocejando.

As raposas se deitaram no tronco de uma árvore caída e mastigaram com cuidado os biscoitos.

Depois de um tempo, Ted deu um suspiro satisfeito.

— É tranquilo aqui, né, mana?

As raposas ainda estavam sujas da viagem, mas o calor do meio-dia começava a secar a lama. Isso fazia com que vários pedaços dela se esfarelassem do pelo e caíssem no chão.

— É até quieto demais, na minha opinião — murmurou Nancy.

Os dois haviam viajado a noite toda, e agora que estavam deitados, não puderam evitar: caíram num sono muito, muito profundo.

Enquanto isso, Frank tinha atravessado o bosque pra encontrar Titus, o prefeito. Ninguém conseguia se lembrar exatamente por que ou como o Titus se tornara prefeito, mas ele era velho e sábio, e todos gostavam dele.

Frank teve que bicar a porta do trailer do Titus por uns dez minutos até que ele atendesse.

— **ACORDE, SENHOR!** — ele gritou.

— Frank! **Shinto** muito... — Titus bocejou ao abrir a porta, com os olhos meio fechados e um pedaço de papel grudado no rosto, por conta da baba.

— Desculpe-me acordá-lo, senhor — disse Frank —, mas um assunto sério está em andamento.

— Ah, eu não estava dormindo, não! Eu estava ocupado... organizando... uma papelada. Entre, entre.

— Não há tempo, senhor. Me siga. Temos visitantes.

A primeira coisa que Ted viu ao abrir os olhos foi um enorme nariz peludo.

— Eeeeeca! — ele gritou.

Titus (o nariz era dele) cambaleou pra trás.

— Desculpe-me, amiguinho, não quis te assustar. Agora... quem é esta na minha cabeça?

Ao ouvir o grito do Ted, Nancy abriu os olhos imediatamente. Sem pensar, ela se jogara nos chifres do Titus.

— Vá brigar com alguém do seu tamanho, seu... seu cavalo gigante! — ela gritou.

Titus se levantou por completo e balançou os grandes chifres de um lado pro outro até Nancy sair de cima dele.

— Sinto muito — disse Titus, olhando pra ela —, mas você estava machucando os meus chifres.

Nancy se levantou e começou a gritar e rosnar. Ted se escondeu atrás do tronco e fechou os olhos.

— DEIXA A GENTE EM PAZ. ELE É SÓ UMA CRIANÇA! TIRA ESSE FOCINHO IDIOTA DA NOSSA FRENTE. NÃO ESTAMOS FAZENDO NADINHA. FICA LONGE DA GENTE, SEU ESQUISITÃO! — berrou Nancy.

O Titus piscou.

— Olá, jovens raposas! O meu nome é Titus. É um prazer conhecer vocês. — E então esticou o casco pra cumprimentá-los.

— Ela definitivamente é a mais agressiva dos dois — afirmou Frank, pousando nos chifres do Titus e indicando Nancy.

— Ei! — gritou Nancy. — Você roubou o meu celular, pássaro!

— Não fui eu. — Frank deu de ombros.

Titus olhou pro seu velho amigo.

— Ah, sério? A Pâmela voltou a fazer isso? — Ele suspirou.

O Frank fez que sim, cansado.

— Ela segue as próprias leis, Titus. O ninho dela parece um depósito de lixo. É um pesadelo.

Ted abriu um pouco os olhos. Respirou fundo.

— O meu nome é Ted! — ele guinchou, espiando por cima do

tronco. — E ela é a Nancy! — Apontou uma pata trêmula pra irmã.

Titus observou as raposas. Elas pareciam cansadas, famintas e sujas. E ele podia sentir, pelo cheiro delas, que eram da Cidade Grande. Na verdade — e pode parecer rude, mas era um fato —, elas estavam fedendo. Ele conseguiu identificar o cheiro de carros, ônibus, frango frito, humanos, lixeiras e caixas de pizza. Ele deduziu que os pobrezinhos deviam estar viajando havia horas.

— Bem, Ted e Nancy. — Titus tentou mais uma vez aquela coisa toda de balançar os cascos. — Bem-vindos ao bosque Grimwood! Sou o prefeito, Titus Chifredoido.

— Nancy, nós conseguimos. O bosque! O mapa tava certo! — E, esquecendo-se do medo, Ted pulou de trás do tronco e disse ao Titus: — Estamos procurando alguém. Um rato, um rato chamado... Johnny Coçacoça... ou Pulapula... alguma coisa assim. Ai, qual era o nome?!

Frank olhou desajeitado para as próprias patas e perguntou:

— Não seria Tony Fungafunga, seria?

— Sim! — Ted saltou no ar. — **SERIA!** Ah, uhuuuu! Podemos, por favor, falar com o Tony Fungafunga?!

O Frank tossiu, constrangido, e murmurou alguma coisa bem baixinho.

— Oi? O que disse, Frank? — Titus ergueu as orelhas molengas.

Frank exalou um suspiro.

— Eu disse que... receio que a Pâmela tenha arrancado a cabeça do Tony, hoje cedo.

— Não! — exclamou Ted.

— Cruel — Nancy assobiou baixo.

— Ora, pobre Tony! — lamentou Titus. — Ele está bem?

Frank piscou algumas vezes.

— Ahn... não. Ele morreu.

— Ah, **NÃO!** — Titus lamentou. — Oh, Tony... Ele era um camarada tão animado.

O cervo curvou a cabeça. Em seguida, um som alto de **BUZINA** quando ele assoou o nariz em uma borboleta que passava por ali.

— Devemos dar ao Tony o enterro que ele merece. Onde estão os restos do pobre Tony Fungafunga, Frank? Você sabe?

— Não — respondeu Frank, com calma. — Não tenho ideia.

Então ele deu um arroto muito alto e rapidamente cobriu o bico com a asa.

— O que vamos fazer, Nancy? — perguntou Ted. — Eles vão nos comer, com certeza!

— Ninguém vai comer ninguém, raposinha — garantiu Titus, de maneira gentil (o que fez Frank tossir de vergonha outra vez).

Ted engoliu em seco.

— Um rato chamado Sven desenhou um mapa pra nós! Eu mostraria para você, mas... mas Nancy o comeu. De qualquer forma, o Sven disse que o seu amigo Tony garantiria que estivéssemos a salvo. Mas... mas agora o Tony morreu, e não temos pra onde ir! — Ted enterrou o rosto nas patas e começou a chorar.

— Controle-se, Ted! — rosnou Nancy, e então mostrou os dentes pro Titus e pro Frank.

Titus olhou pra dupla desmazelada e pôde notar que aquela conversa não os levaria muito longe.

— Frank, vamos embora.

E antes que as raposas tivessem chance de protestar, Frank abriu suas asas magníficas, saltou dos chifres do Titus, agarrou uma raposa em cada pata e voou pelo céu.

CAPÍTULO 6
A toca

AAAAAAAAAAAHHH! As raposas balançavam pra frente e pra trás nas garras do Frank à medida que ele voava cada vez mais alto sobre o topo de árvores pontiagudas. Em certo momento, eles até voaram por entre as nuvens, o que fez com que seus pelos ficassem gelados e úmidos.

PLOFT.

Frank jogou as raposas no chão.

Titus saiu casualmente da vegetação rasteira.

— Desculpem por isso. Era o jeito mais fácil de trazer vocês até aqui.

Nancy farejou o ar.

— Raposas — ela murmurou. — Posso sentir o cheiro... de outras raposas. Onde elas estão?

— Ah... — Titus sorriu. — Você é esperta. Sim, aparentemente havia algumas raposas aqui no bosque. Não tenho ideia de onde estão agora, mas a toca delas ainda está aqui. Vocês podem ocupá-la antes que alguém comece a usá-la como casa de férias.

— Pâmela estava pensando em guardar seus produtos de spa pra patas aqui — murmurou Frank, enquanto examinava suas garras.

— Ora, ela terá que encontrar outro lugar — afirmou Titus. — Ah, quase esqueci: eu passei em casa e trouxe alguns lanchinhos pra vocês!

Então ele estendeu uma cesta de palha lotada com todo tipo de coisas que pareciam gostosas.

— Nossa! — exclamou Ted, que de repente estava faminto demais pra continuar assustado. — Obrigado!

Ele se jogou sobre a comida. Tinha sanduíches, maçãs, cenouras, uvas e rosquinhas. O estômago da Nancy roncava tão alto que todos podiam ouvir, mas ela não se aproximou da cesta. Estava analisando Titus e Frank.

— Não podemos pagar nada pela cesta — disse ela.

— Vocês não precisam me pagar — respondeu Titus, gentilmente, e deu alguns passos pra trás. — Venha, Frank. Vamos deixar que eles se ajeitem.

Frank desviou o olhar das raposas e planou atrás do Titus.

Ao se virar, Nancy viu o bumbum e a cauda do Ted pendurados pra fora da cesta. Ele tinha mergulhado de focinho e estava se empanturrando.

— Sai — disse Nancy, empurrando-o pro lado e atacando a cesta como se não houvesse amanhã.

Cinco minutos depois, as raposas se deitaram ofegantes no chão. Tinham devorado até o último pedaço de comida, e estava delicioooooso.

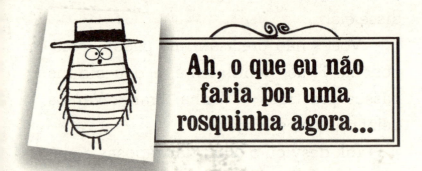

Ah, o que eu não faria por uma rosquinha agora...

Ted esfregava a pancinha peluda.

— Nancy, eu acho que aqueles caras estavam só sendo gentis com a gente, sabe?

— Ninguém é gentil à toa. — Nancy lambia pedaços de sanduíche do pelo.

Ted pensou por um tempo.

— Mas o cavalo grande disse que não precisávamos pagar por nada.

— Ele só tá tentando nos manter dóceis, Ted. Aquele pássaro estúpido roubou o meu celular, lembra? Além disso, ele não é um cavalo.

— O que ele é, então?
— Acho que é uma rena.

**OIÊ!
O Titus é um cervo,
na verdade.**

— Quem será que morava aqui? — Ted largou a mochila no chão, farejando o ar.

Nancy pegou um dos cobertores e o pendurou no meio da sala, criando dois espaços separados.

— Você fica aqui, e atrás dessa cortina é o **MEU** espaço, entendeu?

Ted franziu o focinho pra ela. Como se ele quisesse entrar no espaço da Nancy... Ele preferia manter as coisas limpas e organizadas. Assim, começou a limpar o chão e em seguida desempacotou as coisas da mochila. Ele ainda não sabia o que fazer com a cauda da Princesa Amorzinho. Era uma lembrança estranha da enrascada em que haviam se metido.

Quando Nancy acordou, não fazia ideia de onde estava. Então um mosquito a picou no braço, e ela se lembrou de estar no bosque.

— Hora de acordar, raposinhas! — ressoou uma voz fora da toca. — Entrega especial.

Nancy se arrastou pra fora e deu de cara com Frank aterrissando no chão. Nas suas garras estavam duas garrafas cheias de um estranho líquido verde e viscoso.

— Vitaminas fresquinhas — ele anunciou.

Nancy pegou uma das garrafas e a cheirou. Então, engoliu tudo em segundos.

— Por nada — disse Frank, irônico.

Nancy limpou o focinho com a parte de trás da pata.

— Obrigada — ela resmungou.

— Não é a mim que você deve agradecer, senhorita Simpatia. — Frank estendeu as enormes asas.

Nancy resmungou outra vez e conferiu a embalagem.

— Não sei por que ele se importa — reclamou Frank. — Aquele cervo tem o coração grande demais. Cadê o garoto?

Nancy esfregou os olhos e sentiu uma pontada de pânico no peito. Onde estava o Ted?!

— Ted! — ela gritou. — **TED!**

Nancy correu de volta pra toca pra checar, mas o irmão não estava lá. Ela saiu outra vez e começou a correr em círculos, tentando desesperadamente sentir o cheiro dele. Será que a Princesa Amorzinho o encontrou? E se ela o tivesse sequestrado?

— TED! — ela berrou de novo.

— Bom dia, Nancy! — disse uma voz animada em um canteiro de margaridas próximo.

— **AAAAAAH!** — gritou Nancy, saltando sobre o irmão como se precisasse protegê-lo de uma explosão.

— Vitamina, rapazinho? — ofereceu Frank.

— Ah, sim, por favor! — Ted se arrastou pra sair de baixo da Nancy e tomou a bebida num gole só.

— Não se ATREVA a se afastar de mim, Ted! — Nancy ofegava.

— Ah... desculpa, mana. Eu só tava explorando um pouquinho.

Nancy rosnou.

— Nós estamos nos **ESCONDENDO**, lembra?

— Que rapazinho adorável — disse Frank, bicando das suas garras os restos de uma minhoca do café da manhã. — Tem muita coisa pra ver no bosque, jovem Ted.

Minhoca do café da manhã

Nancy estava prestes a dizer algo quando um misterioso objeto **VOOOOOOOOU** sobre a cabeça deles.

TRONCOCURUTO!!!

Ela se jogou sobre o Ted outra vez. Quando olhou para cima, viu um esquilo com uma roupa de balé, achatado contra o tronco de uma árvore.

Frank voou até lá e o ajudou arrancando-o dali.

— Você está ficando melhor na aterrissagem, Dolly — ele elogiou o esquilo.

— Obrigada, Frank! — guinchou Dolly, esfregando a cabeça antes de sair correndo dali.

Frank deu uma risadinha.

— Coisas de Troncocuruto — ele murmurou.

— O quê? — Nancy estreitou os olhos.

— Troncocuruto — repetiu Frank, como se assim explicasse tudo.

— Uhuuuuuu! — exclamou Ted, pulando feito doido. — Que emocionante!

— Obrigada pelas bebidas — Nancy agradeceu ao Frank antes que ele continuasse falando sobre Troncocuruto ou qualquer outra coisa. — Agora, se você nos der licença, precisamos nos esconder.

E então soltou um **HUNF** bem alto antes de arrastar o Ted de volta pra toca.

— Ah, Nancy — lamentou-se Ted —, eu queria explorar!

— Desde quando você gosta tanto de explorar?

— Desde que chegamos aqui! É seguro, mil vezes mais seguro do que viver na Cidade Grande. Nada de mau acontece no bosque!

Nancy apontou pra cauda da Princesa Amorzinho, que ela havia pendurado na parede.

— É por ISSO que estamos aqui, Ted. Não são férias. Agora, fique do seu lado da toca, e não saia da minha vista, entendeu? Não quero a sua cabeça sendo arrancada igual à daquele Tony Fungafunga.

— Tá bem! — Aborrecido, ele se arrastou até a cama e abraçou a Pantufa.

Ted odiava estar preso quando lá fora tudo parecia tão fresco e emocionante. Queria conhecer novas pessoas e talvez, quem sabe, fazer um amigo.

Ele se deitou na cama e escreveu um poema triste sobre solidão enquanto Nancy praticava seus movimentos de artes marciais.

Horas se passaram. A luz lá fora mudava de forma gradual à medida que o dia avançava.

Nancy, cansada, acabou cochilando, exatamente como Ted esperava que acontecesse. Ele a encarou, pra ter certeza de que a irmã tinha realmente dormido. Quando ela soltou um pequeno ronco, Ted respirou fundo e se arrastou devagar pra sair da toca...

Assim que colocou a cabeça para fora, ele deu uma grande farejada. **UAU!** Era mesmo incrível. As suas narinas foram atingidas por tantos cheiros estranhos e maravilhosos... Flores! Folhas! Formigas! Urtigas! Cocô de pombo!

Ted aproveitou o momento, passando as patas na grama comprida. O chão era um glorioso carpete de flores silvestres. Ted correu por ali e apanhou um punhado delas, parando de vez em quando pra enfiar o rosto nas pétalas e cheirar toda aquela felicidade. Ele se sentia tão feliz que decidiu compor uma música.

Canção das florezinhas do TED

Ah,
São tão felizes e fofas as flores.
Um pouco caídas, mas muito cheirosas
Com vários formatos e tão lindas cores
Exibem as suas pétalas tão primorosas
Eu queria ser uma abelha,
Mas abelha não posso ser,
Pois elas são tão miudinhas
E eu tenho muito pra crescer
Lo, lo, lo, looooo
Looo, looo, looo, leelooooo...

— Ei! Para com isso! — gritou uma voz muito irritada.

POW.

Alguém havia jogado uma noz na cabeça do Ted.

Ted esfregou o focinho e ergueu a cabeça.

À sua frente estava a mais fofinha e peludinha coelhinha que ele já viu.

Ela jogou outra noz nele.

— Ai! — reclamou Ted.

— Tem gente tentando dormir aqui! — guinchou a coelha. — Fica quieto!

— Me desculpe — disse Ted. — Eu só estava...

— Não dou a mínima! — A coelhinha sacudiu o rabinho macio, fofo e branco, franziu o focinho e mexeu os bigodes.

— Owwwnnn... — Ted a olhou com ternura. — Você é tão fofinha...

AaaaaaAAAAAArrrrFfffF!'

A coelha começou a bater com as patas na cabeça do Ted.

— **EU NÃO SOU FOFA!**

— TÁ BEM, TÁ BEM! — gritou Ted, se protegendo.

A coelhinha, por fim, parou e olhou pro Ted com atenção.

— A sua canção era bem boa, na verdade.

Ted juntou as patas.

— Puxa, muito obrigado! Acabei de inventá-la. Sempre faço isso.

A coelha estendeu uma das patinhas fofas.

— O meu nome é Willow. Você não é daqui, né?

— Não. — Ted aceitou o cumprimento. — Eu sou o Ted. A minha irmã e eu chegamos ontem. Aquele cavalo enorme nos mostrou uma toca onde podemos ficar, e eu tava colhendo flores silvestres pra deixar o meu quarto bonito. Veja!

Willow cheirou educadamente o que restava das flores do Ted, que pareciam destruídas depois do ataque realizado por ela.

— Me desculpe por todos os chutes...

— Tudo bem — respondeu Ted, alegre.

— Quer brincar? — Willow convidou.

O coração do Ted saltou no peito, mas então ele ouviu um grito tão alto que suas orelhas grudaram na cabeça.

— **TED!**

— Oh-oh... — E ele baixou a cauda.

Nancy invadiu o espaço de grama onde Ted e Willow estavam.

— Olá! Eu sou a Willow — ela se apresentou, estendendo a pata.

Mas Nancy a ignorou completamente.

— O que eu falei sobre sair da toca? **VOLTA PRA TOCA!**

— Eu só tava colhendo algumas flores pra animar o espaço, Nancy!

Nancy olhou para a coelha e falou:

— Fica longe do Ted. Não estamos aqui pra fazer amigos, entendeu?

Willow ficou quieta vendo Nancy sumir no buraco.

— Veremos. — Ela saltou para longe, com um olhar determinado. Não gostava de receber ordens, especialmente de raposas rabugentas como a Nancy.

CAPÍTULO 7
A grande excursão

No dia seguinte, escondida no meio da grama alta, Willow esperou Frank chegar trazendo mais Suco Energético Chifredoido.

— Bom dia, Willow — cumprimentou Frank.

— Como você me viu?! — perguntou Willow, irritada.

— Animada com nossos novos hóspedes, né? — Frank esboçou um sorriso.

Willow aproximou o focinho do bico do Frank. Ela parecia bem nervosa.

— **AQUELE GAROTO VAI SER O MEU MELHOR AMIGO!** — ela afirmou.

Frank riu.

— Não tenho dúvida, menina! Ele teria sorte de ter uma amiga como você, com certeza.

Willow fez uma pulseira de margaridas e a colocou em volta de uma das garrafas de vidro. E piscou pro Frank antes de sair pulando pra se esconder por entre a grama alta de novo.

— Hora de acordar, raposinhas! — chamou Frank.

Dessa vez, foi Ted quem saiu da toca.

— Muito obrigado, Frank! Ah, parece que vai ser outro dia lindo.

— Vocês vão ficar aí dentro de novo, então? — Frank quis saber.

— A Nancy não me deixa ir a lugar nenhum — sussurrou Ted, apontando pra toca. — Ela tem medo de que eu seja atacado, sequestrado ou algo do tipo.

E então ele notou a pulseira de margaridas.

— Ah! Nossa! Que bonita! — Ted a colocou no pulso.

— Você tem uma admiradora. — Frank indicou com a cabeça a grama alta.

— Obrigado! — sussurrou Ted o mais alto que pôde. — Muito obrigado mesmo!

As orelhas se balançaram.

Só então Nancy rastejou pra fora da toca, pegou uma garrafa e tomou tudo.

— Tem café neste lugar? — ela resmungou.

Frank olhou pro Ted, em seguida pra Willow, que ainda estava escondida, e disse:

— Café, você diz? Sim, conheço um lugar perfeito pra um café. Por que não me segue?

As orelhas da Nancy se ergueram na hora.
— Boa — ela se animou. — Vamos, Ted.

Frank virou a cabeça e tossiu de leve.

— Ah, não, infelizmente o garotinho terá que ficar, Nancy. Ele é muito novinho pra ter permissão pra entrar aonde vamos.

A cauda do Ted se abaixou um pouco. Ele esperava ter algum tipo de aventura. Mas então, notando que as orelhas da coelha se moviam pra cima e pra baixo de alegria, olhou pro Frank, que tinha um brilho travesso no olhar.

— Você vai ficar bem, Ted? — perguntou Nancy. — Apenas fique aqui. Logo eu volto. Se eu descobrir que saiu da toca, você vai ter problemas...

— Sim, claro, tá **TUDO BEM**, Nancy! — disse Ted, animado. — Vá e beba o seu café. Leve o tempo que precisar.

Frank piscou pro Ted e começou a planar pra longe da toca. Nancy correu atrás dele.

Quando a barra ficou limpa, Willow saltou pra fora da grama.

— Uhuuuu! **AGORA** você pode brincar?

Ted concordou, pulando.

— Sim, claro que sim!

> Oi, pessoal, como vocês estão? Tenho que falar, eu gostei da Willow, ela parece DIVERTIDA! E estou empolgado com a excursão. Vocês acham que vai ter lanchinhos? E uma loja de presentes onde eu possa comprar um lápis gigante? Espero que sim. Bom, voltemos à história.

Ted sabia que estava sendo um pouco desobediente, mas ninguém nunca quisera brincar com ele até então. Tudo o que tinha de fazer era garantir que voltaria à toca antes da Nancy.

— Vou te levar pra **GRANDE EXCURSÃO DO BOSQUE!** — exclamou Willow, batendo as patas.

— Isso seria incrível! — disse Ted.

— Vamos começar neste instante. — Willow, se sentindo muito importante de repente, começou a andar. — O bosque foi

descoberto um zilhão e meio de anos atrás. Tudo era em preto e branco, humanos não tinham sido inventados e dinossauros vagavam pela Terra e tinham carros e contas bancárias.

Ted a seguia. A voz da Willow era alta e soava imponente, e ela balançava as patas enquanto falava, como se conduzisse uma orquestra. Aí, ela subiu num monte de terra, apontou pra um laguinho e informou:

— Dizem que esse laguinho é o lugar mais antigo do bosque. Nós o chamamos de... O LAGUINHO.

Ted olhou pro laguinho, que era, de fato, um lago, e bem pequeno. A água estava escura, e havia uma coleção de carrinhos de mercado de ponta-cabeça no meio. Sentado no topo dos carrinhos via-se uma pata. Ela parecia totalmente furiosa.

— Aquela é a Ingrid — sussurrou Willow. — Ela não gosta de ser incomodada.

— **QUAAAAAAAACK!** — grasnou Ingrid, com raiva.

— Como ela conseguiu todos aqueles carrinhos? — Ted quis saber.

— Nós não perguntamos — sussurrou Willow. — Mas de tempos em tempos surge um novo. Ela também recolhe moedas que ficam perdidas, mesmo as que estão grudadas no chão. As pessoas dizem que é milionária.

— Como é? Você não se torna milionária juntando moedas do chão. — Ted riu um pouco alto demais.

— **QUAAAAAAAACK!** — Ingrid grasnou de novo, parecendo muito, mas muito irritada agora. — Eu **SOU** milionária! Fique sabendo que sou dona de vários hotéis em Tóquio, Abu Dhabi e Nova York.

— Me desculpe, Ingrid! Sou eu, Willow. Ele é novo aqui.

A pata se levantou e sacudiu o bumbum. Ted notou que havia outros patos cochilando na sua ilha peculiar de carrinhos revirados e enferrujados.

— Eu era uma beldade, sabe? — Ingrid estufou o peito. — Trabalhei em vários filmes.

— Ora, que maravilha! — Ted sorriu. — Será que já ouvi falar de algum deles?

Ingrid afofou as penas.

— Bem... Eu fiz uma ponta em *Motociclistas do Mal 3*. Por alguns segundos, você me vê passando por um policial que está comendo uma rosquinha no parque.

— Isso é incrível! — Ted chacoalhou a cabeça.

Ingrid sorriu, tímida.

— Obrigada — ela agradeceu gentilmente. Então, encarou Ted. — Willow, você tem que trazer este garoto ao ensaio mais tarde. Não podemos desperdiçar esse rosto.

— Claro, Ingrid! — afirmou Willow, toda alegre.

— Ensaio? — perguntou Ted. — Do quê?

Mas Willow tinha agarrado a pata do Ted e o arrastava pra longe do lago fedorento. Logo, Ted caminhava por uma trilha acarpetada de narcisos e margaridas, até que os dois emergiram em um glorioso canteiro de campânulas.

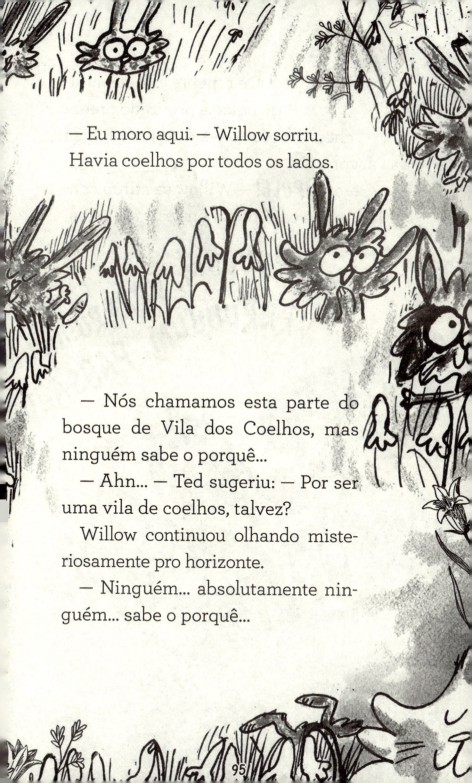

— Eu moro aqui. — Willow sorriu.
Havia coelhos por todos os lados.

— Nós chamamos esta parte do bosque de Vila dos Coelhos, mas ninguém sabe o porquê...

— Ahn... — Ted sugeriu: — Por ser uma vila de coelhos, talvez?

Willow continuou olhando misteriosamente pro horizonte.

— Ninguém... absolutamente ninguém... sabe o porquê...

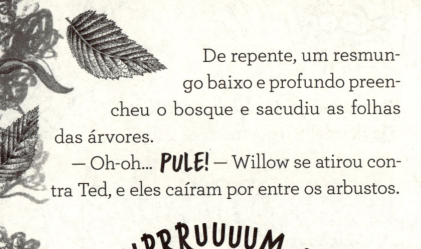

De repente, um resmungo baixo e profundo preencheu o bosque e sacudiu as folhas das árvores.

— Oh-oh... **PULE!** — Willow se atirou contra Ted, e eles caíram por entre os arbustos.

VRRRUUUUM, VRRRRUUUUUM, VRRRUUUUM, PASSANDO

Ted se engasgou quando viu um carro enorme passar por eles, conduzido por uma gangue de texugos barulhentos. Eles buzinavam e gritavam a plenos pulmões. Um deles bebia algo de uma grande garrafa verde, e outro girava o que parecia uma calça vermelha surrada por cima da cabeça.

— Foi mal, senhorita! — gritou um dos texugos conforme o carro balançava pelo bosque. — Não foi por mal!

— Olhe por onde anda, Wiggy! — gritou Willow, muito aborrecida.

Mas os texugos tocaram a buzina, então a voz dela foi abafada por um **BI-BI-BI-BIIIIIIIII!**

— Bando de arruaceiros! — falou Willow, limpando o pelo e tirando com cuidado uma folha de urtiga das patas.

Willow conduziu Ted pra fora da Vila dos Coelhos, e eles marcharam cada vez mais pra dentro do bosque. O pescoço do Ted doía de tanto que ele olhava para as árvores.

Ele nunca vira tantas na vida. Eram enormes e retorcidas, com galhos que se estendiam e se agarravam acima da sua cabeça como garras gigantes. Quando olhou com mais atenção, ele viu pequenas sombras passarem voando entre elas.

— O que são essas coisas, Willow? — ele sussurrou.

— Esquilos, seu tonto. Não me diga que nunca viu esquilos na vida.

Ted havia, de fato, visto muitos esquilos antes. Mas esses eram diferentes. Pareciam usar pequenos capacetes e capas.

— O que eles estão fazendo?

— Troncocuruto — informou Willow, com naturalidade.

— Troncocuruto? — Então Ted se lembrou de que Frank mencionara aquela palavra, mais cedo. — O que é...?

— Isso os mantêm ocupados, o que é útil, considerando as Guerras Esquilísticas.

— As... Guerras Esquilísticas? — Ted franziu a testa.

— As Guerras Esquilísticas do bosque provavelmente nunca vão ter fim. — Willow suspirou. — É tão irritante. Existem armadilhas escondidas por todos os cantos. Semana passada mesmo eu fiquei presa em uma rede a tarde toda porque, sem querer, cheirei uma noz. Enfim, venha, tenho que te mostrar outra coisa sensacional do bosque! Você não vai acreditar quando vir.

E Willow disparou em direção à próxima parada da excursão.

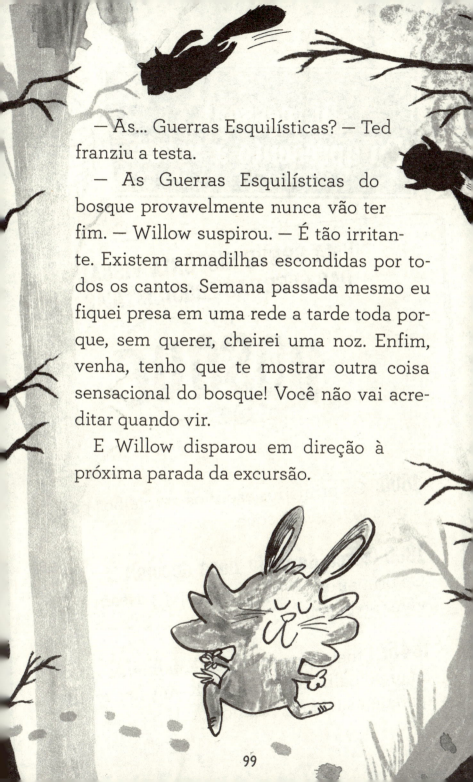

Oi, pessoal. Eu apresento a vocês:

UMA BREVE HISTÓRIA VISUAL DAS GUERRAS ESQUÍLISTICAS DO BOSQUE

1800: Os primeiros esquilos vermelhos passam a viver no bosque.

1800 (cerca de meia hora depois): Os primeiros esquilos cinzentos passam a viver no bosque.

1845: Ethel (vermelha) acidentalmente rouba uma toalha de banho do Kenny (cinzento) quando usavam o mesmo varal.

1845 (naquela mesma tarde): Kenny esconde os saquinhos de chá da Ethel.

1867: Aos esquilos mais jovens é contada a história do terrível Incidente da Toalha de 1845 e a subsequente Revolta do Chá.

1867-1998: Muitas brigas.

1998: O casamento do Owen (vermelho) e da Sílvia (cinzenta) une os esquilos na paz e na harmonia.

1999: Katarina (cinzenta) proíbe Wesley (vermelho) de estacionar em frente à sua árvore.

1999 até hoje: A guerra continua, mas principalmente por meio da dança e do troncocuruto.

OS PRIMEIROS ESQUILOS

CAPÍTULO 8
Titus faz café

Titus estava sentado à pequena mesa do lado de fora do trailer que chamava de lar. Ele costumava ser visto com frequência realizando importantes reuniões de prefeito ali e jogando cartas tarde da noite com o Frank. Mas naquele momento, ele se encontrava sozinho, com um pedaço de papel na sua frente, e coçava o focinho, pensativo. Titus tentava escrever um livro: "Memórias de um Cervo". Já trabalhava nele havia cerca de três anos.

— Tá legal! — Ele apontou o lápis. Fechou os olhos e murmurou. Aí, hesitou. Então, murmurou de novo. Suspirou. Bateu com o lápis na cabeça. E então disse: — Ah!

E rabiscou algo. Fez isso várias vezes, cada **"Ah!"** mais alto do que o anterior. Depois de uma hora, pôs o lápis na mesa, soltou um **"UFA!"** bem alto e enxugou a testa.

— Seis palavras! Um ótimo dia de trabalho — Titus elogiou a si mesmo, recostando-se em sua cadeira para tirar uma merecida soneca. Estava no meio de um sonho maravilhoso que o lembrava do verão que passou colhendo frutas na Itália, quando a campainha tocou.

— Eu trouxe visita — disse Frank. — Ela se anima quando lhe dão café, pelo visto.

Nancy resmungou.

— Ah, olá, olá! — exclamou Titus, saltando da sua poltrona e batendo os cascos. — Uma apreciadora

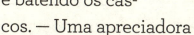

de café, né? Eu **AMO** o cheiro, mas quando bebo ele causa estragos nas minhas entranhas, um verdadeiro desastre pra minha região traseira. Mas, já que o Frank gosta, eu sempre mantenho um estoque por perto. Agora, sente-se e acomode-se, raposinha.

Nancy se jogou à mesa enquanto Frank se ocupava dentro do trailer.

Momentos depois, ele trouxe um bule desgastado, algumas xícaras de estanho, um bolo de cenoura e alguns biscoitos nas garras. Colocou tudo na frente da Nancy e serviu o café quente.

Nancy inspirou profundamente.

— Ah, que cheiro maravilhoso! — E bebeu tudo de uma vez. — Tem mais? — perguntou, lambendo os beiços.

Frank serviu mais café à Nancy. Em seguida, empoleirou-se no topo do trailer e bebericou com delicadeza da sua própria xícara.

— Então você é da Cidade Grande, hein? — perguntou Titus. — Eu sempre quis visitar. Diga-me, é tudo verdade a respeito das lojas de rosquinhas?

— Como assim?

— Bem... Esses palácios cheios de maravilhas existem de verdade? Podemos mesmo comer rosquinhas cobertas de chocolate? E de granulados coloridos?

Nancy bebeu o café um pouco mais devagar desta vez.

— Sim. Elas são vendidas aos montes. São boas, eu acho.

Titus gemeu.

— Tantas coisas incríveis... As forças obscuras que expulsaram vocês da Cidade Grande deviam ser muito sérias mesmo.

Nancy estremeceu de prazer quando os efeitos do café começaram a se espalhar pelo seu corpo. Ela relaxou um pouco na cadeira.

— Tem uma gata, sabe? — disse ela. — A Princesa Amorzinho. Ela é uma figura desagradável. Quer se livrar de nós, raposas, pra que possa ficar com as lixeiras do **Franguinho Ligeiro** só para si.

— Um franguinho ligeiro? Quem é esse pássaro aterrorizante? — Titus arqueou uma sobrancelha, atento. — E por que ele quer matar vocês?

— Não, a gata quer nos matar, não o franguinho — balbuciou Nancy.

— Um franguinho sanguinário — murmurou Titus, ignorando a Nancy por completo. — Pobrezinhos...

Eu sei que ele é um pouco ESTRANHO, mas é impossível não GOSTAR dele.

Titus estufou o peito.

— Você e seu irmão estarão a salvo dos franguinhos assassinos aqui — afirmou, gentilmente. — E essa é uma promessa do Titus.

Nancy suspirou e olhou com mais atenção pro Titus. Ele tinha olhos gentis, grandiosos chifres e grandes narinas molengas.

— Não é um frango — ela repetiu. — Enfim... não podemos voltar pra Cidade Grande até que a Princesa Amorzinho vá embora.

— E quando isso vai acontecer?
— Titus entortou um pouco a cabeça.
— Não sei — afirmou Nancy. — Os meus amigos disseram que vão me mandar uma mensagem assim que a barra estiver limpa. Mas aquele pássaro enorme roubou o meu telefone, não é mesmo?
— Ah, sim... — Titus comeu outro biscoito. — Sinto muito que a Pâmela tenha roubado seu celular.
Então a paz foi interrompida por um jipe enorme abrindo caminho pelo bosque.

Biiiiiii, Biiiiiiii!
— **PAAAASSSAAAAANDO!**

O carro dos texugos balançou e rangeu ao passar pelo trailer do Titus antes de trombar com força em uma árvore.
— Ai! — gritou a árvore.
Com raiva, Frank bateu as asas e piou algumas palavras feias.
— Nossa! — exclamou Titus, apertando os biscoitos contra o peito.
O carro estava cercado por nuvens ondulantes de vapor.

— **GNNRFFGHHH**

— disse o motorista, um pequeno texugo que usava uma gravatinha.

Nancy foi a primeira a se aproximar do jipe e ir até a porta do motorista.

— Tudo bem aí? — perguntou.

— **CRGNRRGRG** — respondeu o motorista.

Nancy o ajudou a sair. Ele espirrou cinco vezes e chacoalhou a cabeça.

— Wiggy! — Titus estreitou os olhos. — O que deu em você?!

— O que aconteceu? — indagou Wiggy.

— Você acertou uma árvore — Nancy informou.

— Ah, não! — exclamou o texugo, parecendo apavorado. — O Monty vai me matar!

Titus e Nancy ajudaram Wiggy a retirar o carro da

árvore. Havia um amassado imenso no capô. Nancy o analisou de diversos ângulos e então saltou em cima dele. Ela pulou duas vezes, e o capô ficou perfeito outra vez.

— Como... como você fez isso? — gaguejou o texugo.

Nancy deu de ombros.

— Há muitos carros de onde eu venho.

— Minha salvadora! — E Wiggy atirou os braços ao redor da Nancy, que o empurrou imediatamente. — Quem é você? — ele quis saber, os olhos brilhando de admiração e espanto.

— Um dos nossos recém-chegados! — Titus sorriu. — Ela e o irmãozinho acabaram de chegar ao bosque. Não é, Nancy?

— Sim. — De repente, ela se sentiu envergonhada e baixou a cabeça.

Wiggy deu um tapa na própria testa.

— Claro! — ele disse. — Você era a raposa que estava pra cima e pra baixo com Willow! Passamos por você mais cedo.

Nancy franziu as sobrancelhas.

— Não, não passaram — ela disse. — Vim direto da toca pra cá.

Frank ficou imóvel.

— Huuuuuuum... — Wiggy acariciava a gravata enquanto refletia. — Pensando bem, aquela raposa tinha grandes olhos sonhadores, e não parecia ter as mesmas orelhas desgrenhadas que você... então, sim, você está corretíssima, não era você! Foi mal.

Nancy fitou Frank, que parecia um tanto embaraçado.

— Ah, qual é, deixa o garoto se divertir um pouco! — pediu a coruja. — Nenhum mal acontecerá a ele por aqui.

Nancy estava furiosa.

— Você **NÃO PODE GARANTIR** isso! — ela gritou.

— Ei, pessoal, vamos todos relaxar e comer um pedaço de bolo de cenoura — sugeriu Titus.

Nancy apontou uma pata nervosa pro Frank.

— Você sabia que o Ted ia sair por aí com aquela coelha, não sabia? Bom, agora você vai me ajudar a encontrá-lo!

Frank desceu e se empoleirou nos chifres do Titus.

— Eu acho... — Ele abriu tanto as asas que elas formaram uma sombra sobre todo mundo — ... que alguém se esqueceu das suas boas maneiras.

RONCOCURUTO!!!

BUM!

Uma enxurrada de esquilos de repente voou acima deles como balas felpudas.

Nancy balançou a cabeça, virou-se e disparou bosque adentro. Aquele lugar era uma loucura. Ela iria encontrar o Ted, arrastá-lo de volta à toca e se sentar em cima dele. Mal podia esperar pra deixar aquele lugar estranho.

Titus se sentiu um pouco triste quando viu Nancy marchar para longe.

— Ela nem levou um pedaço de bolo. — Ele suspirou. — Vou ter que comer tudo sozinho.

— Ela me lembra alguém — comentou Frank, as suas sobrancelhas de coruja se unindo em uma carranca.

— Sim — concordou Titus. — Também pensei isso.

CAPÍTULO 9
Os atores do bosque

— Estamos quase lá! — gritou Willow, que, junto com Ted, escalava uma enorme colina.

Willow começou a pular sem parar e a apontar pro céu.

— **CONTEMPLE!** — disse ela, orgulhosa. — A Torre Mágica!

Ted olhou pra cima. Era uma torre de transmissão que zumbia baixinho.

— Você já tinha visto algo assim **ALGUMA VEZ** na vida? — berrou Willow, ainda saltando. — Dizem que ela dá ao bosque poderes mágicos!

Na verdade, Ted vira muitas torres de transmissão na vida. Ele podia ter dito a Willow que a eletricidade era usada por humanos para assistir à televisão, carregar os celulares e ligar as luzes. Mas como dizer a verdade sem ferir os sentimentos dela? Assim, ele apenas comentou:

— Uau, que coisa incrível!

Naquele momento, um longo cabo preto começou a balançar loucamente no ar, como um braço feito de espaguete. Ouviu-se um estranho barulho estridente.

— No chão! — E Ted empurrou Willow pra baixo, cobrindo suas cabeças com a cauda.

— Que no chão o quê! É no ar, bobinho. É a Pâmela, a águia. Ela gosta de mastigar os fios soltos de vez em quando. Diz que isso lhe dá um "brilho diferente".

— Mas... mas isso pode **MATÁ-LA!** — berrou Ted.

— Uhum — Willow concordou. — Mas a Pâmela é durona. Ela quer sentir o poder da Torre Mágica.

Oi, amigos! Aqui vai um conselho: por favor, não se aproximem de cabos de eletricidade, e de jeito nenhum, tentem mastigá-los. Isso é extremamente perigoso!

Ted ficou observando Pâmela duelar com o cabo solto. Ele farejou. O ar cheirava a penas queimadas.

— Dizem que os mumanos construíram essa torre anos atrás.

— Humanos, você quis dizer.

— Sim, mumanos. Foi o que eu disse.

— Humanos.

— Mumanos.

— Humanos.

— Mumanos.

— Humanos.

— Mumanos.

— Humanos.

— Mumanos.

Escuta aqui, isso tá ficando bobo demais.

— Enfim, dizem que ela dá ao bosque um tipo muito especial de energia — prosseguiu Willow.

— Ah! Por isso vocês são tão estranhos? — Ted arregalou os olhos.

— Como é que é?

— Quer dizer, é por isso que vocês são tão... peculiares? — ele se corrigiu.

— É isso que nos torna diferentes. — Willow estufou o peito, orgulhosa.

A coelhinha, que agora vestia polainas roxas e brilhantes, começou a se alongar, fazendo sons de **"UH"** e **"AAAH"** enquanto erguia os braços, tocava os dedos dos pés e balançava as orelhas pra lá e pra cá.

— Só estou me aquecendo antes do Clube de Teatro.

Ela se curvou tanto que a cabeça foi parar entre as pernas. — O Grande Show é em alguns dias. Estamos ensaiando há séculos.

Ted colocou as patas nas bochechas e pediu:

— Clube de Teatro? Me conta mais!

— Bem, a cada três meses, mais ou menos, um grande show de talentos acontece no bosque — disse Willow.

A cauda do Ted começou a abanar.

— Que tipo de coisas as pessoas fazem no show?

— Todo tipo de coisa — respondeu Willow. — Os atores do bosque apresentam uma peça ou um musical. Os texugos têm um coral masculino. Há uma toupeira chamada Emo Omar que recita poemas muito difíceis.

O cérebro do Ted borbulhava e estalava de animação.

— Parece fantástico! É esse o ensaio do qual a Ingrid tava falando antes, Willow?

— Isso mesmo. E ela quer que eu te leve. Então, vamos.

Ted experimentava uma sensação incômoda. Já estava longe da toca havia muito tempo, já era hora de voltar. Mas, ignorando a sensação, ele pegou a pata da Willow, dizendo:

— Vamos!

Os dois chegaram a um local decorado com bandeiras e faixas, onde havia um pequeno palco de madeira e alguns bancos. Castores que pareciam eficientes ajustavam dois grandes holofotes aninhados nos galhos de um par de árvores. Os animais estavam agitados, parecendo muito ocupados e importantes.

— Caramba! — exclamou Ted.

Tamara, a assistente nervosa da pata Ingrid, veio gingando até eles.

— A Ingrid estava te esperando — disse ela, olhando pra prancheta.

— Bem, estou aqui agora, então todo mundo pode relaxar — disse Willow, com o focinho empinado.

— Não, não, não você. **VOCÊ**. — Tamara indicou Ted.

Ted arregalou os olhos, confuso.

— Eu?!

Tamara levou Ted e Willow até o toco de uma árvore. Ingrid, sentada em cima dele, vestia um xale e grasnava ordens em um megafone.

— Aqui está ele! — ela gritou ao ver Ted. — Nosso novo protagonista!

— O quê? — perguntou Willow.

O queixo do Ted caiu.

— Diga-me, garoto, você sabe atuar? — perguntou Ingrid, ansiosa.

O queixo do Ted continuava caído.

— Você já sentiu a maquiagem derretendo no rosto sob a luz dos holofotes? — ela continuou. — Já absorveu os aplausos de uma plateia enquanto fazia a sua última reverência?

— Ahn... o que tá acontecendo? — Willow franziu a testa.

— Alguém arrancou a cabeça do nosso protagonista, e precisamos de um substituto de última hora — informou Tamara, bruscamente.

Willow ofegou.

— O Tony? O Tony Fungafunga?!

Tamara assentiu, sombria.

— Ele está... ele está morto? — indagou Willow.

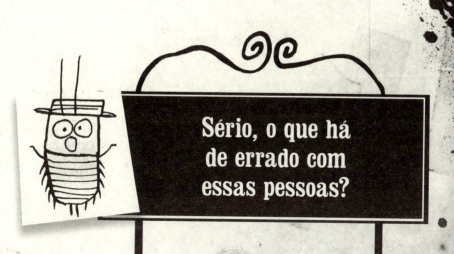

Sério, o que há de errado com essas pessoas?

— Sim — confirmou Tamara. — Na hora em que a cabeça dele foi arrancada, não teve mais jeito, foi isso. É tudo muito triste e tal, mas o show tem que continuar.

— Quando vi seu rostinho... — Ingrid se moveu pra poder segurar a cabeça do Ted entre as asas — ... eu soube. Simplesmente soube! Olha só pra você. Veja esses olhos!

Willow deu pulinhos de alegria.

— Uau, Ted, uau! Isso é incrível!

— Ahn... mas eu nunca... eu nunca subi num palco antes! — guinchou Ted.

— Então, vamos começar com as aulas de uma vez! — gritou Ingrid, batendo as asas com alegria.

Quinze minutos depois, Ted estava no palco, usando polainas, uma faixa na cabeça e um colete brilhante. Ingrid o ensinava a "se soltar" e a fazer estranhos barulhos com a boca.

— Você deve **SENTIR** que começa no estômago, sobe para o peito e então deve **PROJETAR**, querido, **PROJETAR!**

— **OOOOOOOOOOHHHHH! AAAAAAAAAH!**
— gritou Ted.

Nossa, ele é muito bom, né?

— Agora quero que você me mostre alegria! Me mostra a raposa mais feliz da Terra — pediu Ingrid, acenando com seus xales e lenços de forma dramática.

Ted pensou na coisa mais feliz que podia.

Ele riu e pulou e saltou ao redor do palco, erguendo Willow e girando-a sem parar.

— Você nasceu pra isso! — disse Willow.

Ted sorriu e teve que admitir: amou tudo aquilo.

— Agora me mostre medo — Ingrid pediu. — Você está assustado, está sozinho... Quero ver pavor!

— Aaah! — E Ted fez a melhor cara de terror que podia.

Ingrid grasnou, indignada.

— Eu disse **PAVOR**, garoto! Quero ouvir um grito de gelar o sangue.

Ted fechou os olhos e tentou pensar em algo muito, muito assustador.

AAAAAaaaaAAAAHhhhH!

O grito de gelar o sangue do Ted ecoou por todos os cantos do bosque.

Não muito longe, Nancy parou no meio do caminho. Depois de pisar e farejar muito, ela finalmente conseguiu sentir o cheiro do Ted e da Willow, e estava abrindo caminho por entre as árvores e samambaias. Mas ouvir o seu irmãozinho gritar daquele jeito só podia significar uma coisa.

—A Princesa Amorzinho! Ela nos encontrou!

E Nancy correu o mais rápido que podia pra salvar seu irmão.

Enquanto isso, Ingrid grasnava e batia as asas, contente.

—De novo, de novo! —exigiu ela.

Ted deu risada e respirou fundo antes de soltar um grito ainda mais alto.

De repente, uma figura escura invadiu o palco e saltou sobre Ted, jogando-o no chão e fazendo-o rolar pra fora.

— CORTA! Invasão de palco! — gritou Tamara, e vários coelhos-seguranças vestindo macacões subiram no palco.

— Nancy! — balbuciou Ted.

— Você tá bem? — perguntou Nancy, com os olhos arregalados de pavor. — É a Princesa Amorzinho? Onde ela tá?

Nancy olhou com atenção pro Ted e o revistou de cima a baixo pra verificar se não estava machucado.

— Eu tô bem, mana! Estava apenas atuando.

Nancy se sentou e olhou ao redor, pro palco, pras luzes e pros outros atores.

— Atuando? — ela esbravejou. — **ATUANDO?!?!!?!**

— Bem-vinda ao... Atores do bosque! — exclamaram os ouriços de uma banda de sopro, que começou a improvisar uma melodia e disparar confetes.

— Agora não, galera! — disse Willow.

Nancy encarou Willow antes de voltar a atenção pro Ted, que sabia que estava muuuuuito encrencado.

— Eu disse pra não sair da toca — rosnou Nancy. — Pensei que você estivesse sendo **ATACADO!**

Ted choramingou e olhou pro chão.

— Ele só estava se **DIVERTINDO** — Willow se meteu de novo, sem medo **NENHUM** da Nancy. — Você se lembra de como é? Ou sempre foi amargurada assim?

Todo mundo se sobressaltou.

Eita, Willow! Que alfinetada.

Nancy se agachou pra que pudesse ficar olho no olho com Willow.

— Sim, sempre fui amargurada. E sempre apreciei coelhos. — Ela lambeu os beiços e mostrou os dentes afiados.

Então, Nancy se virou pro Ted, ordenando:

— Venha. Nós vamos embora.

E começou a arrastá-lo pelas polainas.

— EI, SÓ UM MINUTINHO, MADAME BRAVEZA!

Soou uma voz no megafone. Era Ingrid, e ela parecia muito irritada.

— Você não vai roubar o meu novo protagonista logo agora que eu o encontrei, não vai, não!

Ela encarou Nancy com olhos de pato, mas não de qualquer pato, e sim de um pato ofendido.

Ingrid acenou pra Tamara, que foi até o Ted e começou a arrastá-lo de volta ao palco pela faixa de cabeça. Willow se uniu a ela.

— Ele vem COMIGO — rosnou Nancy.
— Não, ele fica com A GENTE! — gritou Willow.
— COMIGO!
— COM A GENTE!
— COMIGO!

— COM A GENTE!
— AI! — exclamou Ted, por fim. — Vocês podem me colocar no chão, por favor?

Ted caiu no chão e quando ficou de pé parecia um pouco maior.

— Nancy — disse Ted —, me desculpe se eu saí, mas queria explorar. E tem sido incrível! E vocês, meus amigos, ouçam, a Nancy não faz por mal. É que... eu não tenho uma mãe ou um pai por perto, então a Nancy tem que cuidar de mim o tempo todo. É por isso que ela fica tão brava com tudo.

Willow não disse nada, mas Ingrid entendeu.

— Lealdade. — Ela balançou a cabeça. — E força. Respeito isso em uma mulher.

— Nancy — prosseguiu Ted, de repente soando mais adulto do que nunca — estas pessoas estão organizando um show e precisam da minha ajuda. Posso me juntar a elas, por favor?

Nancy suspirou. Ted parecia feliz, pela primeira vez em anos.

— Por favor, mana. — Ted a encarava com os olhos suplicantes. — Eu finalmente tenho uma amiga de verdade.

— Tudo bem — respondeu Nancy, entredentes. — Só não se meta em encrenca. Vou ficar de olho em você.

— **UHUUUU!** — gritou Willow, e então ela e Ted se abraçaram e comemoraram.

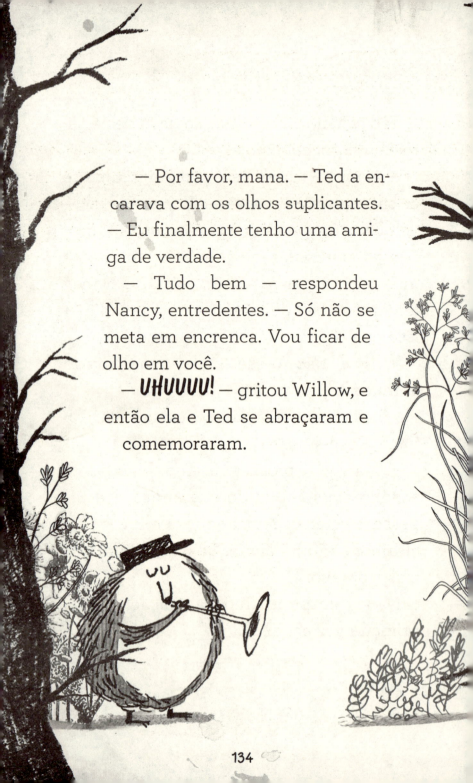

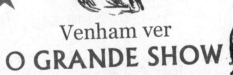

Cartão Postal

Queridos mamãe e papai,

Olá! Será que vocês já voltaram pra nos buscar? Muita coisa aconteceu desde a minha última carta. Estamos em Grimwood, onde ficaremos por uns dias, e ainda que seja um pouco estranho, eu realmente gosto daqui! Fiz a minha primeira amizade. Ela é uma coelha chamada Willow. Nós dois somos os protagonistas de um show de talentos. Eu gostaria de poder desenhar um mapa do caminho até o bosque pra vocês, mas a Nancy comeu o que tínhamos quando chegamos aqui.

Com amor, Ted.
Beijos

P.S.: Cresci mais um centímetro!

PARA: Mamãe e Papai

CAPÍTULO 10
Troncocurutando

Nancy se sentou à beira do lago. O que eram aqueles estranhos sentimentos zunindo dentro dela?

— Vão embora, sentimentos — ela ordenou. — Sumam daqui.

E então jogou uma noz na água turva.

Após alguns segundos, a noz foi jogada de volta e atingiu Nancy no focinho.

— Ai! — Nancy a jogou de volta outra vez.

O lago arremessou de volta uma noz ainda maior.

— Ei! — Nancy se levantou. — Você! Lago! Pare de jogar coisas em mim!

— Discutindo com a água agora, é? — perguntou Frank, empoleirado no galho de um azevinho próximo. — Não me surpreenderia.

Nancy deu meia-volta e apontou pro lago.

— Você viu isso? Não é normal!

Frank deu de ombros.

— Muitas coisas não são "normais" por aqui, garota. É bom ir se acostumando.

Nancy deu uma risada vazia, e Frank virou a cabeça até ela ficar quase toda de trás pra frente, o que é algo que todas as corujas gostam de fazer de vez em quando só para se exibir.

— Acho que sei de algo que pode ajudar — disse Frank. — Venha comigo, garota.

Nancy teve que correr pra acompanhar a enorme coruja, que abria caminho com habilidade por entre os galhos. De vez em quando, Frank tinha que mergulhar e se abaixar quando um esquilo saltava por cima gritando:

TRONCOCURUTO!!!

— Tá bem, já deu! — gritou Nancy. — O que é troncocuruto? Por que continuo vendo esquilos se atirarem contra troncos de árvores?

Frank deu risada.

— O troncocuruto é o esporte oficial do bosque, e nós realmente o levamos muito a sério — respondeu ele. — Lembro que, quando cheguei aqui, não conseguia entender bulhufas. Mas é bem simples.

— Legal, tô ouvindo.

Frank respirou fundo e começou a explicar.

Ei, espere um minuto! Na verdade, eu preparei um trabalho inteiro sobre o troncocuruto. Isso significa que não será usado? Você tá falando sério?! Me diz, você pode pelo menos dar uma olhadinha? Nem precisa usá-lo na cópia final se não quiser.

GUIA PARA INICIANTES DE TRONCOCURUTO!
POR ERIC DINAMITE

Com material adicional de E. Dinamite
Prefácio de Ericus Dinamitus

O que é troncocuruto?
O troncocuruto é um jogo no qual os jogadores se atiram de cocuruto contra os troncos das grandes árvores. Então eles devem, imediatamente, saltar daquela árvore pra outra, e daí pra outra, e assim por diante, pelo maior tempo possível.

Isso parece difícil.
E é.

Você pode tocar o chão?
Não.

Quantos jogadores há em um time?
Não há limites pro número de jogadores que se pode ter em um time. Mas ambos os times devem ter uma quantidade igual de jogadores. Isso significa que pode haver uma grande batalha de troncocuruto com uma centena de jogadores em cada time. Ou pode haver um duelo intenso entre dois jogadores.

O que mais acontece?
Os jogadores podem incomodar os seus oponentes usando os seguintes métodos:
Colidindo no ar pra que os dois caiam.
Escondendo-se nas árvores pra fazer cócegas no inimigo.
Deixando coisas grudentas nos troncos (por exemplo, mel ou cola) pra desacelerar outros jogadores.

Como se vence no troncocuruto?
Ganha a competição o último jogador a permanecer de pé.

Achei que não era permitido ficar de pé.
Ah, você entendeu.

O troncocuruto é perigoso?
Sim.

O troncocuruto é bobo?
Sim.

Por que estamos jogando troncocuruto, então?
Porque não tinha espaço pra construir uma quadra de tênis.

— Tá bom, Frank, acho que entendi. São só os esquilos que jogam?

— Sim, eles são adequados pra isso. Têm grandes caudas. Gostam de se atirar das árvores. Eu os treino às vezes. Ensino como planar. Eu substituí a Pâmela... depois que ela... bom, não importa.

Neste momento, três esquilos zuniram lá em cima e se esborracharam nos galhos das árvores.

— Oi, Frank!

— Olá!

— Opa!

Frank acenou com a cabeça para os pirados enquanto voava por eles.

Nancy balançou a cabeça. O troncocuruto parecia um jogo ridículo. Embora pudesse imaginar que todos aqueles zumbidos e saltos talvez fossem... divertidos.

— Muito bem — disse Frank —, chegamos.

Nancy olhou pra cima e viu a torre de transmissão.

— Eles a chamam de "a Torre Mágica" — Frank informou.

— É uma torre de transmissão — disse Nancy, totalmente desinteressada.

— Sim, eu sei, ô sabe-tudo. Sem dúvida ela era uma torre de transmissão. Mas agora... bom, agora é um pouco mais do que isso.

E ele mergulhou, agarrou Nancy pela nuca e voou alto com ela.

— **AAAAAAAHH!** — exclamou Nancy.

Frank gentilmente a colocou em uma pequena tábua de madeira.

— Não olhe pra baixo.

Nancy engoliu em seco. Não costumava ter medo de altura, mas a Torre Mágica era muito mais alta do que qualquer muro ou telhado em que ela estivera na Cidade Grande.

— Por...por...por que estamos aqui? — ela gaguejou.

— Pensei que quisesse o seu celular de volta. Você não disse que os seus amigos da cidade iam te mandar uma mensagem?

Nancy se virou com cuidado e viu o que parecia um enorme ninho de pássaro. Estava repleto de fios, plugues, computadores e muitos celulares.

— Uau! — Nancy se admirou.

Frank rodeou o ninho algumas vezes.

— Pâmela! — ele chamou, mas não obteve resposta. — Hum... Me diga, o seu celular se parece com o quê?

— Com um... celular. — Nancy estava totalmente imóvel. Qualquer movimento e

ela sabia que poderia despencar e se espatifar lá embaixo.

— Talvez possamos perguntar à Pâmela — sugeriu Frank.

— **PERGUNTAR O QUE À PÂMELA?** — gritou Pâmela, erguendo a cabeça do meio de uma pilha de fios e apetrechos quebrados. Ela usava um capacete estranho que apitava, zumbia e piscava.

— Pâmela, estávamos te procurando.

— Tô gravando um podcast, Frank. — Ela apontou para os fones presos na cabeça. — Posso pegar o meu celular de volta? Sabe, aquele que você roubou — disse Nancy.

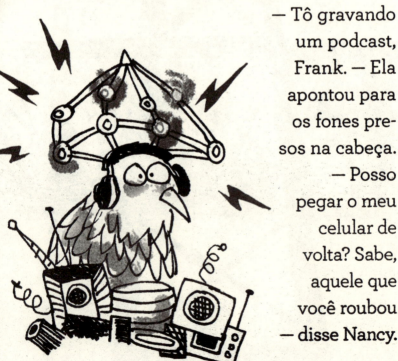

— Não — respondeu Pâmela.

— Por que não? — indagou Frank.

— Porque eu o comi.

Nancy deu um tapa na testa de desespero.

— Ah, Pâmela... — Frank chacoalhou a cabeça.

A águia remexeu sua pilha de tranqueiras eletrônicas. Por fim, mostrou um pedaço de uma tela de celular destruída, com alguns fios saindo de trás, dizendo:

— Isto é tudo o que restou. Mas eu preciso dele! É um dispositivo de rastreamento. Pra quando os alienígenas chegarem.

— Quais alienígenas? — Nancy quis saber.

Os olhos da Pâmela se arregalaram e passaram a girar como bolinhas de pingue-pongue dentro de uma máquina de lavar.

— OS **ALIENÍGENAS!** — ela gritou, sacudindo as asas. — Eles **LOGO** estarão aqui! Querem nos destruir. Devemos estar prontos pro ataque!

Nancy suspirou.

— Esqueça, Frank. — Ela deu de ombros. — Pode me levar de volta à toca, por favor?

Frank lançou um olhar muito sério pra Pâmela.

— Acho que você deve desculpas à nossa amiga raposa, Pâmela.

— **ME DESCULPE!** — ela grasnou. Em seguida, cuspiu uma framboesa no rosto do Frank e voou para longe.

De volta à toca, Nancy suspirou ao ver Frank indo embora. Ela teria que entrar em contato com a Zoeira e a Fuzuê de outra forma. Esperava que, juntas, elas fossem capazes de derrotar a Princesa Amorzinho, mas agora parecia que ela mesma precisaria pensar em outro plano.

Perdida em pensamentos, Nancy arranhou a parede da toca, escrevendo o seu nome, como costumava fazer na Cidade Grande.

Quando escreveu o "y" com um floreio final, ouviu um **TUM**. Olhou para os pés e percebeu que havia soltado um pedaço da parede.

— Ops...

Mas então ela notou algo muito peculiar. Um grande bloco de pedra lisa e cinzenta.

E no meio da pedra havia duas pegadas desbotadas. Uma era um pouco maior do que a outra. Nancy passou a pata com delicadeza sobre elas.

— Hum...

Ao colocar a pata bem em cima da pegada menor, ela se encaixou perfeitamente.

— Que esquisito...

Nancy farejou a pedra, mas não pôde distinguir nenhum cheiro em particular. Deviam ter sido feitas muito tempo atrás.

Ela se deitou na cama. Havia algo estranho no bosque. Não sabia muito bem o que, mas fazia com que ela se sentisse... esquisita.

Golpeou a cauda da Princesa Amorzinho, que pendia sobre sua cabeça. Precisava se livrar da Princesa Amorzinho de uma vez, pra que ela e Ted pudessem voltar em segurança pra casa.

Alguém tem alguma ideia? QUALQUER UMA? Você aí atrás, não? Sinto muito. Não temos nenhuma.

CAPÍTULO 11
Muita cauda nessa hora

Eeeei, fãs do Dinamite! Agora vamos viajar quilômetros de distância do bosque até a Cidade Grande! Vocês não se esqueceram daquele lugar, né? Enfim, vocês vão descobrir o que está acontecendo por lá enquanto vou ao mercado pra comprar mais biscoitos e bananas. ATÉ MAAAAIS!

A Princesa Amorzinho sabia estar completamente ridícula sem uma cauda. Era algo muito difícil de substituir.

Mas, acima de tudo, odiava parecer **FRACA**. E todos nas lixeiras do **Franguinho Ligeiro** só falavam do mesmo assunto: Ted arrancara sua cauda.

— Eu tenho de achar aquelas raposas — Princesa Amorzinho falou. — E então **DESTRUÍ-LAS!**

— Ela bateu com o punho no topo da lixeira verde.

— Tá beeeeem! — disse um rato chamado Kelvin, que realmente não queria se envolver e se afastou devagar.

Nesse momento, Denise, membro da sua gangue de gatos do mal, chegou parecendo muito satisfeita e disse:

— Acho que sei como podemos encontrá-los, senhorita Amorzinho.

— Como? — A Princesa Amorzinho agarrou Denise e a chacoalhou pra frente e pra trás. — **COMO?!**

— Aaaaaaaah! Tudo bem, acalme-se. Hum, bem... sabe aquelas outras duas raposas? As amigas idiotas deles. Eu sei onde elas estão. — Denise agora se sentia menos disposta a ajudar a Princesa Amorzinho, com essa coisa toda de ser-agarrada-pelo-pescoço.

Princesa Amorzinho soltou Denise e segurou uma lanterna embaixo do rosto. Ao falar, sua voz soou profunda e rouca:

— Leve-me até as raposas.

AGORA!

— Qual é a palavra mágica? — perguntou Denise, que achava importante ter boas maneiras.

— **OU ENTÃO VOCÊ VAI SE ARREPENDER** — respondeu a Princesa Amorzinho.

Denise achou melhor seguir em frente.

Zoeira e Fuzuê relaxavam na velha toca da Nancy e do Ted, no parque.

— Eu sinto muita saudade dela. — Zoeira mastigava atentamente um pedaço de galho. — Nancy foi a primeira raposa que conheci. Na verdade, foi ela que escolheu o meu nome.

— Não brinca! — exclamou Fuzuê. — Ela também escolheu o meu. Porque eu não parava quieta um instante...

— Jura?! Ela me chamou de Zoeira pelo mesmo motivo.

As raposas fizeram um "toca aqui" no ar. As duas vinham evitando as lixeiras do **Franguinho Ligeiro** desde aquela fatídica noite, quando o Ted arrancou a cauda da Princesa Amorzinho.

— Ela já te mandou mensagem, Zoeira?

— Mandou não. Mas vou enviar mensagem pra ela assim que soubermos se aquela gata doida da Amorzinho ainda tá xeretando.

Ouviram uma batida na toca. O que era estranho, porque ela não tinha uma porta de verdade.

— Entrega de pizza! — gritou alguém (adivinha quem!).

— Entre! — disse Fuzuê.

Então as raposas deram de cara com...

RUFAR DE TAMBORES

A PRINCESA AMORZINHO! E a sua gangue fedida e horrível estava logo atrás dela, parecendo pronta pra uma briga pesada, ou pra dizer coisas cruéis, ou algo do tipo.

— Ei... você não é uma pizza! — gritou Zoeira.

— Não, não sou — disse a Princesa Amorzinho. — Sou uma gata muito irritada cuja cauda foi arrancada pelos SEUS amigos.

— Eu preferia a pizza. — Zoeira deu de ombros.

— Onde estão as suas amiguinhas raposas?

— Não sabemos — afirmou Fuzuê. — Olha, vocês já têm as lixeiras só para vocês. Por que não nos deixam em paz?

Naquele momento, o celular da Zoeira tocou.

— Ah, será que é a Nancy? — ela perguntou. — Estamos esperando mensagem deles, né, Fuzuê?

Fuzuê deu um tapa na testa.

— Atacar! — berrou Princesa Amorzinho. No meio da confusão, Princesa Amorzinho conseguiu agarrar o celular da Zoeira e sair da toca. Denise aguardava do lado de fora com o veículo de fuga.

— Isto aqui é ouro! Puro ouro! — berrou Princesa Amorzinho.

— Pra onde vamos? — Denise impulsionava o skate o mais rápido que as suas patas conseguiam.

— Vamos visitar a criatura mais perigosa do mundo — disse Princesa Amorzinho.

— Tudo bem. — Afinal, o que mais a Denise diria? Princesa Amorzinho pagava o seu salário; além disso, as férias escolares estavam chegando, e as crianças precisavam de tênis novos.

A criatura mais perigosa do mundo trabalhava em um minúsculo laboratório secreto de camundongos que ficava debaixo de um laboratório de humanos muito maior e mais secreto. Ela era a doutora Fadafera.

A doutora Fadafera usava o seu incrível cérebro e os seus poderes científicos tanto pro bem quanto pro mal. Dependia muito do seu humor.

Na primeira vez em que a Princesa Amorzinho apareceu no laboratório secreto da doutora Fadafera, a seta do Fadaferômetro estava apontando pra "Bem". E, como era de se esperar, a doutora Fadafera vinha usando cálculos complicados pra curar os joelhos de idosos e tinha inventado algumas canetinhas que nunca ficavam sem tinta.

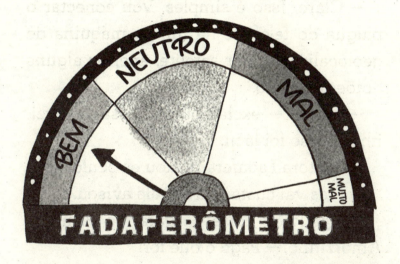

Mas no dia seguinte, a seta apontava para "Mal"; então a Princesa Amorzinho entrou direto e de fato a doutora Fadafera parecia bem perversa, com um olhar estranho, sem expressão.

— Tenho um trabalho pra você, doutora Fadafera. — E a Princesa Amorzinho entregou o celular da Zoeira. — Preciso que encontre alguém. O número dela estará nesse aparelho. Você consegue?

A doutora Fadafera respondeu:

— Claro. Isso é simples. Vou conectar o plugue do telefone na minha máquina de geolocalização por satélite, apertar alguns botões e pronto.

— Uhuu! — exclamou Princesa Amorzinho. — Isso foi fácil.

A doutora Fadafera baixou os óculos.

— Mas vai custar caro — ela avisou.

— Qualquer coisa! — garantiu Princesa Amorzinho. — Pago o que for!

A doutora Fadafera caminhou até um pequeno arquivo dentro de uma caixa de fósforos e puxou um pedacinho de papel.

— Você deve me trazer todos os itens desta lista. Se não me trouxer, terei que fazer coisas terríveis com você.

Princesa Amorzinho leu:

> Manteiga de amendoim
> Palitos de cenoura
> A revista *Queijos Perfeitos*
> Uma lata de refrigerante de laranja

— Se você puder revirar esta cidade e conseguir esses itens sagrados pra mim até as cinco da tarde em ponto... então, e só então, eu poderei começar a procurar pela sua... amiga.

Princesa Amorzinho consultou o relógio, dizendo:

— Tem uma loja de esquina no final da rua. Volto já.

Princesa Amorzinho e Denise foram até a loja e compraram:

Manteiga de amendoim
Palitos de cenoura
A revista Queijos Perfeitos
Uma lata de refrigerante de laranja

E Denise também comprou:

Alguns SALGADINHOS DE QUEIJO
Algumas BALINHAS DE GELATINA azedas que pareciam minhocas
UM PACOTE DE LENÇOS DE PAPEL porque sempre são úteis e nunca se tem o suficiente

FIM

— Uau, que rapidez! — comentou a doutora Fadafera quando elas voltaram.

Ela pegou o celular da Zoeira e conectou-o ao grande computador, que apitava.

— Qual o nome da sua vítima... ahn... quer dizer... amiga? — perguntou doutora Fadafera.

— Nancy — rosnou Princesa Amorzinho.

— Ah, sim... aqui está — confirmou a doutora Fadafera.

O número da Nancy apareceu na tela.

— Devemos ligar pra ela pra descobrir onde está? — perguntou Princesa Amorzinho.

— Não precisamos! — A doutora Fadafera digitou muito no computador.

A tela ficou desfocada, e então passou a exibir um mapa. Na sequência, um pequeno pontinho vermelho apareceu no canto superior esquerdo.

— Aqui está ela. — A doutora Fadafera sorriu.

Elas deram zoom no mapa.

— Parece que eles estão bem no meio de um bosque. — Doutora Fadafera estremeceu.

— Não por muito tempo. — Princesa Amorzinho esfregava as patas. — Estou indo pegar vocês, raposinhas! E eu quero a minha cauda de volta! Muaaaaaaahahahah-ahahahahaaaaa!

— Você não vai machucar essas raposinhas, vai? — perguntou a doutora Fadafera. — Porque se for, eu vou me sentir mal. Posso ser malvada, mas não sou tão malvada assim.

— De jeito nenhum! — respondeu Princesa Amorzinho.

— Tá. — Doutora Fadafera devolveu o celular da Zoeira. — Este celular agora é um Descobridor de Raposas. Ligue-o e ele te mostrará o mapa, e a localização dessa Nancy.

— Ah, mais uma coisa — disse Princesa Amorzinho.

— Você, por acaso, não tem nenhum dispositivo que possa fazer alguém evaporar?

A doutora Fadafera teve que pensar.

— Você não vai mesmo machucar as raposinhas, né?

— Não, de jeito nenhum, de maneira alguma — Princesa Amorzinho garantiu, lambendo a pata com indiferença.

A doutora Fadafera empurrou em silêncio a seta do Fadaferômetro até a indicação "Muito mal".

Em seguida, foi até um armário enorme e voltou carregando uma grande engenhoca.

Era um capacete verde de metal com três longas antenas saindo dele. A doutora o colocou no chão com um baque.

— Contemplem! O Desligador de Cérebros 3000! — ela exclamou.

— Uau! — disseram Denise e Princesa Amorzinho.

— É uma máquina extremamente poderosa e perigosa. — Doutora Fadafera estufou o peito. — Estou muito orgulhosa dela.

— Como funciona? — Princesa Amorzinho quis saber.

— Você o coloca na cabeça e, quando a hora chegar, aperta este botão vermelho. Um raio laser poderoso vai ser lançado de uma das antenas e fará o cérebro do seu oponente desligar!

— Uaaaaaaau! — disseram Denise e Princesa Amorzinho.

— Mas cuidado. Está com a carga completa de 45 milhões de megavolts de eletricidade. Então, infelizmente, você só poderá utilizá-lo três vezes.

— Sem problemas. — Princesa Amorzinho deu de ombros. — Só vou precisar usar duas. Quanto custa?

A doutora Fadafera pensou.

— Custará um fornecimento eterno de iscas de frango do **Franguinho Ligeiro.**

— Negócio fechado — afirmou Princesa Amorzinho.

CAPÍTULO 12
O pântano

Ted estava eufórico. Os atores do bosque logo se encontrariam para o último ensaio geral antes do Grande Show naquela noite.

— Você vem me ver, não vem, mana? — perguntou ele, pulando sem parar na toca.

Nancy bebeu o último gole do seu café.

— Sim — grunhiu. — Não tenho nada melhor pra fazer, tenho?

Ele correu até ela e a abraçou pela cintura.

— Me deseja sorte, Nancy!

— Boa sorte, garoto! — E gentilmente ela despenteou o pelo entre as orelhas dele.

Depois que Ted partiu pro ensaio, Nancy foi até seu lado da toca e removeu o cobertor que ela colocara em cima das misteriosas pegadas. Ela não havia contado ao Ted sobre a sua descoberta. Arrancou uma página em branco do caderno dele, encontrou um toco de lápis e desenhou as pegadas no papel. Em seguida, despregou a cauda da Princesa Amorzinho da parede e a enfiou no bolso do casaco — de repente pareceu-lhe arriscado deixá-la pendurada ali, pois algo lhe dizia que em breve teria de enfrentar um problema.

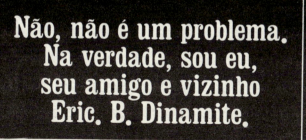 

> **Não, não é um problema. Na verdade, sou eu, seu amigo e vizinho Eric. B. Dinamite.**

No ensaio, Willow falava pro Ted sobre a dança especial que realizariam no final do Grande Show.

— Você vai se sair bem, Ted. Só faça tudo o que eu fizer, mas ao contrário.

Eles praticavam os passos de dança na lateral do palco enquanto vários membros da equipe corriam pra lá e pra cá com holofotes e microfones. A assistente da Ingrid, Tamara, usava óculos de sol e tremia de forma descontrolada. Ela havia organizado coisas demais.

Pata estressada

Alguns coelhos tinham sumido permanentemente durante o show de mágica. Emo Omar disse que estava muito "emotivo" pra recitar suas poesias. Os texugos, por sua vez, praticavam suas músicas, que eram tão ruins que mesmo as flores próximas começaram a chorar.

— Vai ser um desastre! — lamentou Tamara. — É bom que vocês dois não me decepcionem.

Willow prestou continência, garantindo:

— Prometo que seremos fabulosos. Ted e eu praticamos todos os dias.

Tamara se afastou, murmurando consigo mesma.

Ted, de repente, parecia apavorado.

— Willow... e se eu for péssimo?

Mas Willow apenas deu de ombros.

— Vamos nos divertir dançando e não nos preocupar com mais nada, Ted. Coisas malucas sempre acontecem. Ano passado, alguém botou fogo em um esquilo. A sua irmã virá?

— Ah, sim, ela disse que virá. — Ted sorriu.

— Jura? — surpreendeu-se Willow. — Pensei que esse tipo de coisa seria muito alegre pra alguém infeliz como ela.

Ted franziu a testa.

— Ela só sente falta das amigas e da Cidade Grande, eu acho. Talvez... se algumas pessoas fossem um pouco mais legais com ela, a Nancy não fosse tão rabugenta.

— Por "algumas pessoas" você quer dizer eu? — perguntou Willow.

— Sim — respondeu Ted, sorrindo. — Você poderia tentar? Acho que você e a Nancy têm muitas coisas em comum, na verdade.

Willow fez uma careta e saiu pra tomar café — o que provou o ponto de vista do Ted.

Quando chegou ao trailer do Titus, Nancy o encontrou enrolado em uma toga vermelha esfarrapada, rolando pelo chão.

— O que você tá fazendo?

— Ah! Olá, Nancy. Estou só passando a minha roupa de prefeito! — Titus se levantou devagar e se limpou.

Nancy tirou o pedaço de papel do bolso.

— De quem são estas pegadas? — Ela foi direto ao ponto.

Titus se aproximou pra ver melhor.

— Huuuum... não me parecem familiares. De onde são?

— Eu as encontrei na toca, pintadas em um pedaço de pedra.

— Ora, elas pertencem a uma dupla de raposas, eu diria.

— Você sempre viveu no bosque, Titus. Deve saber de quem são!

Titus deu de ombros.

— Existem muitas criaturas no bosque que eu conheço, e várias outras que não conheço. E algumas das quais eu posso simplesmente ter esquecido.

Nancy resmungou e enfiou o papel de volta no bolso.

— De quem você quer que essas patas sejam, jovem Nancy? — perguntou Titus com gentileza.

Nancy encarou o chão.

— Não me lembro deles — disse, devagar.

— De quem?

— Dos meus pais. Não me lembro deles.

Titus e Nancy se sentaram em silêncio por um tempo.

— Bem... Isso é algo muito pesado pra uma jovem carregar nas costas — afirmou Titus, por fim. — Mas você carrega muito bem, Nancy. Não sei quem foram os seus pais ou onde eles estão agora. Mas posso ver que te educaram muito bem. Eles teriam muito orgulho de como você cuida do seu irmão.

Nancy enrolou a cauda em volta de si mesma e suspirou.

— Não sei por que, mas tenho essa sensação. — Ela chacoalhou a cabeça de leve. — Parece que eles estão perto de mim. Eu não sentia isso na Cidade Grande, mas sinto aqui.

Titus sorriu.

— O Ted certamente se considera em casa, né? Ele também tem saudade da Cidade Grande?

— Não sei. Acho que não.

— Ele tinha muitos amigos por lá?

— Não. — Nancy se deu conta de que aquilo era algo em que ela não pensara de verdade antes. — Acho que não tinha.

— Agora você terá que me desculpar, Nancy, mas tenho coisas importantes de prefeito pra fazer. Te vejo mais tarde, no show!

Nancy grunhiu e marchou de volta à toca. Sentia-se meio boba por ter falado com Titus sobre as pegadas. E não podia se livrar da sensação de que algo estava errado.

— Terei que voltar à cidade e dar um jeito naquela gata com as minhas próprias mãos.

Nancy não tivera nenhum sinal da Zoeira e da Fuzuê, então teria que se arranjar sozinha. Pelo menos sabia que Ted estaria seguro com seus novos amigos. Ela esperaria até depois do show pra contar a ele sobre seu plano.

Foi quando uma voz gritou por entre as árvores.

'NANCY!'

O pelo da Nancy se arrepiou.

— Quem é você?! — Nancy não reconhecia a voz, mas não podia ignorá-la.

Rastejou com cautela em direção ao som.

— Que saudade das calçadas... — ela se queixou.

Depois de um tempo, os ramos pontudos deram lugar a um terreno mais macio, e Nancy deu um suspiro de alívio.

— Nancy! — a voz chamou de novo. — Não consigo te ver!

— Tô indo! — gritou Nancy.

Nuvens cinza se juntaram e ventos fortes começaram a castigar as árvores. À medida que Nancy prosseguia, o chão sob os seus pés começava a parecer lamacento e pegajoso. Suas patas começaram a afundar e deslizar devagar pela lama.

A chuva ficou mais forte, e Nancy tremia. Sempre que ela colocava um pé no chão, parecia afundar um pouco mais.

TCHAP. FLOP. BLOP.

Ela precisava de um galho talvez... algo que a impedisse de...

TCHAP. FLOP. BLOP.

...ficar presa, porque a lama estava tão pegajosa e...

TCHAP.

Contanto que não passasse dos joelhos...

FLOP.

Ah, não.

BLOP.

Nancy olhou ao redor. Ela estava no meio de um pântano. E afundando rápido.

AAAaaaAAHhhhH!

No último minuto, Nancy conseguiu puxar o galho de uma árvore caída. Depois de alguns segundos, enrolou-a na cintura. Mas sabia que se o galho partisse, o pântano a engoliria.

NANCY?

Chamou a voz misteriosa, que parecia cada vez mais próxima.

NANCY? É VOCÊ? CROAC.

Ao olhar pro alto, Nancy constatou que a voz pertencia a um... sapo. Que estava em cima de um tronco.

— Quem... quem é você? — ela perguntou, ofegante.

— Ah, olá! Eu? Ora, o meu nome é Gavin. Quem é você? Croac.

— Eu me chamo Nancy! Você... tava me chamando?

O sapo, parecendo confuso, respondeu:

— Acho que não.

Aí, outro sapo chegou saltando, com duas sacolas de compras.

— Me desculpe, amor — disse. — As filas estavam terríveis.

— Nancy! — gritou Gavin. — Você não vai acreditar! Sabe aquela raposa ali, quase se afogando naquele pântano? Ela se chama Nancy também.

— Mentira! — A Nancy sapa arregalou os olhos.

— Juro! — Gavin chacoalhou a cabeça pra cima e pra baixo.

— Vocês podem me ajudar, por favor? — pediu a Nancy raposa.

Mas Gavin e Nancy já tinham se mandado, pois era o seu aniversário de casamento e eles iam ao cinema.

Hum, a que será que Gavin e Nancy vão assistir?

— Socorro! — gritou Nancy. — Socorro!
Mas, tirando o uivar do vento e o tamborilar da chuva, Nancy estava sozinha.

CAPÍTULO 13
A Princesa e o Desligador de Cérebros

A tempestade castigou o bosque. Os castores eficientes corriam de um lado pro outro cobrindo luzes e objetos para o Grande Show. Ingrid contava aos artistas histórias de antigos desastres em noites de abertura, enquanto Tamara permanecia de bruços em uma poça.

— Vixe... — Ted espiava por trás de uma cortina. — Não parece bom, né?

Willow riu e deu uma cambalhota pra trás.

— Eu amo tempestades — disse ela.

— Faz tudo parecer mais dramático.

Nancy, que continuava presa no enorme pântano, definitivamente não gostava de tempestades. Na Cidade Grande, tempestades significavam esconder-se debaixo de carros e proteger-se em pontos de ônibus. Não significava sacudir e tremer e estar coberta de lama.

— **SOCORRO!** — ela berrou.

Essa não era uma palavra que ela costumava usar. No entanto, não havia como sair dessa confusão sozinha. Foi quando Nancy notou um estranho clarão de luz nas árvores acima dela. Ela farejou o ar. Gasolina! E havia um ronco baixo vindo de um motor? Deviam ser os texugos. "Ufa!", pensou Nancy. Ela estava prestes a gritar novamente... quando ouviu uma medonha voz familiar:

— É aqui? Nossa, que lixão...

O sangue da Nancy congelou. Era a Princesa Amorzinho. E, pelo que parecia, não estava sozinha. Nancy tentou esticar o pescoço pra ver.

— Sim, é aqui — disse outra voz. — Bom, pelo menos o mais próximo que posso chegar com o carro. Vê o pontinho vermelho ali? É onde a Nancy está.

Houve alguns murmúrios e ruídos. Nancy tentou adivinhar quantos gatos havia, mas era impossível dizer. Ela ouviu um bipe estranho e outra voz de gato, uma que não reconheceu.

— Está dizendo que precisamos ir por ali... em direção àquela coisa gigante? — disse o gato.

— É uma torre de transmissão — comentou alguém.

— Quem está com o Desligador de Cérebros 3000? — vociferou Princesa Amorzinho.

Nancy engoliu em seco. O Desligador de Cérebros 3000? Isso não soava bem.

— Tá no porta-malas — respondeu outra voz.

E então Nancy a viu. A Princesa Amorzinho tinha caminhado até o outro lado do carro.

— Prenda-o na minha cabeça — ordenou Princesa Amorzinho. — Mal posso esperar pra encontrar aquelas raposas!

Nancy engoliu em seco novamente enquanto observava um dos gatos colocar um grande capacete verde de metal na cabeça pequena e irritada da Princesa Amorzinho. Em seguida, Princesa Amorzinho apertou um botão em um dos lados do capacete. Ele começou a zunir e chiar, e três luzes piscaram na ponta das antenas de metal.

— Três chances! — vibrou Princesa Amorzinho. — Isso será o suficiente!

Mas algo a fez parar no meio do caminho. Era um pôster pregado em uma árvore.

— Espere um segundo. O que é isso? — Ela arrancou o cartaz. — É ele! A raposa! O pestinha que mordeu a minha cauda.

— É mesmo! — disse outra voz. — Ele parece muito menor na vida real, né?

Nancy experimentou um aperto no peito.

— Legal! — Princesa Amorzinho esfregava as patas. — Este é o plano: vocês vão pra esse... **"GRANDE SHOW"**, pegam a raposa e a trazem pra mim.

— Onde você estará? — perguntou uma voz que Nancy não reconheceu.

Princesa Amorzinho apontou pra Torre Mágica.

— Bem ali.

— Belezura! — disse Denise, batendo as patas. — Vocês todos a ouviram. Vamos logo!

Nancy teve que usar toda a força pra não gritar porque sabia que tinha que ficar quieta. Ela ouviu os gatos entrando no bosque, em busca de seu irmão. Pela primeira vez na vida, Nancy não tinha como salvá-lo.

Depois do que pareceu uma eternidade, o vento parou e a chuva virou apenas um gotejamento. Sem tempo a perder, os castores eficientes começaram a descobrir o palco para o Grande Show.

Tamara se recompôs, e Ingrid, inquieta nos bastidores, dava conselhos de última hora para os artistas.

— Ah, tudo não parece maravilhoso, Frank? — Titus batia os cascos enquanto a plateia começava a ocupar os seus lugares.

— Sim — Frank concordou, embora preferisse ouvir jazz na privacidade da sua própria sala de estar.

— Mas cadê a Nancy? — Titus quis saber. — Batemos um papo ótimo mais cedo. Eu a acho fabulosa, sabe?

— Aquela garota é durona — comentou Frank. — Eu reconheço uma quando a vejo.

Devagar, a plateia aumentou, até parecer que todo o bosque estava lá.

Ted andava pra cima e pra baixo atrás da cortina.

— Acalme-se! — pediu Willow. — Você tá me deixando nervosa.

— Tô com frio na barriga — resmungou Ted.

— Você engoliu gelo? — Willow se assustou.

— Não, só quero dizer que estou tenso! Você pode ver a plateia?

Willow botou o nariz pra fora e espiou.

— Sim — ela disse.

— A Nancy tá por aí? — perguntou Ted.

— Não.

— Ah... — A cauda do Ted se abaixou.

— Mas ouça, Ted, o Titus está aqui. E o

Frank também. E a Ingrid, a Tamara... todos os coelhos, e o resto dos atores do bosque. E todos estão ansiosos pra ver o show. Eles estão aqui pra nos ver!

Ted sorriu. A sua amiga estava certa.

Ingrid subiu ao palco pra apresentar o primeiro ato, e a plateia começou a bater palmas e a gritar na expectativa. O primeiro a subir foi o Emo Omar que recitou um poema:

Eu mexo no solo com as minhas patas
Conforme cavo
Cavo, cavo, cavo
Cavo fundo na terra misteriosa.
Será que vou encontrar
O que estou procurando?
Na escuridão
Ah, a escuridão
Ah, sim, aqui está
O meu chaveiro
Com a imagem de um unicórnio nele
Uau, que resultado.
(Fim)

Frank ainda girava sua cabeça de coruja à procura da Nancy. Algo estava errado.

— Nancy garantiu que estaria aqui, né? Vou fazer uma pequena busca por ela — ele murmurou pro Titus, e voou pra longe, em silêncio.

Por conhecer o bosque como ninguém, após uma rápida olhada na toca, Frank voou alto, bem alto em círculos, os seus olhos examinando o chão em busca de qualquer detalhe incomum.

A primeira coisa que notou foi um carro. Não era o jipe dos texugos, com certeza, não. Mas à medida que se aproximou pra investigar, ele percebeu a cabeça cansada da Nancy pra fora do pântano. Embora ela ainda estivesse segurando um galho, a maior parte do seu corpo tinha sido engolida pela terrível

escuridão. Os olhos dela estavam fechados.

— Nancy! — Frank pairou em frente ao rosto dela e tentou cutucar o seu nariz com as penas. Ele não ousou aterrissar, pois afundaria em um segundo. — Acorda, garota!

Nancy abriu os olhos.

— Frank? — A voz dela estava rouca de tanto gritar.

— Aguenta firme — disse Frank. — Vou buscar ajuda. Vamos tirá-la daqui.

— A Princesa Amorzinho — Nancy balbuciou. — Ela tá aqui.

Mas Frank já alçara voo.

Nancy não saberia dizer se tinham sido dez

minutos ou dez horas, mas a única coisa da qual se lembrava era da sensação de uma corda sendo amarrada com firmeza ao redor do seu corpo. Em seguida, ouviu Frank gritar:

— Vamos lá, Wiggy, acelera!

Nancy sentiu a fumaça quente do escapamento sendo expelida em cima dela quando Wiggy engatou a marcha e foi pra frente com o carro, puxando-a devagar pra fora do pântano.

— Coitadinha! — Wiggy saiu do veículo pra ajudá-la a se levantar.

Nancy se sentia tonta e pesada, e agarrava-se com firmeza ao Wiggy.

— Onde está o Ted? — perguntou-lhe enquanto ele retirava a corda da sua cintura.

— Tá no palco! Os atores estão no meio da peça. Ele está maravilhoso!

Nancy e Wiggy entraram no jipe.

— O Ted corre perigo — disse ela.

— O que aconteceu? É aquela gata? — perguntou Frank.

Nancy confirmou.

— A Amorzinho tá aqui, e não veio sozinha. Mas acho que tenho um plano.

Frank se endireitou pra prestar atenção.

— O que posso fazer?

— Vá até a Torre Mágica, e eu te encontro lá. Porém, preciso chegar até Ted antes que os gatos o façam. — Nancy se virou pro texugo. — Wiggy, você vai ter que ser rápido como um raio!

Wiggy acelerou e baixou os seus óculos pra dirigir.

— Segure-se firme — ele rugiu. —
E PREPARE-SE PRA VIAGEM DA SUA VIDA.
(Ele sempre quis dizer algo assim).

Ai, ai, ai, um plano está em andamento, um plano está em andamento! Tô arrepiado!

CAPÍTULO 14
Atacar!

Os atores do bosque haviam chegado à metade do segundo ato. Willow estava no meio da sua grande fala:

– "Porque eu percebo, que é você quem eu sempre amei. No momento em que te vi pela primeira vez, eu sabia que ficaríamos juntos, para sempre!" — E então ela caiu dramaticamente nos braços do Ted.

— Aaaah! — murmurou a plateia.

— **ATACAR!** — gritou uma voz da escuridão.

E como que vindo do nada, um exército de gatos surgiu do mato e correu em direção ao palco.

Houve suspiros e berros da plateia, exceto do Titus, que bateu os cascos e perguntou:

— Ahn, isso faz parte do show?

Os gatos pularam no palco e imobilizaram Ted e Willow no chão. Isso não fazia parte do show.

— Ah, droga! — disse Ted.

Willow golpeava os gatos com as patas traseiras, mas eles eram muitos.

— Levem a raposa pra torre de transmissão! — ordenou Denise, que havia agarrado Willow pelas orelhas.

— EI! Você não vai levar ninguém pra lugar nenhum! — E Willow chutou a cara da Denise.

Denise rosnou, mostrou as garras e se preparou pra arranhar o rosto da Willow...

— NÃO! — berrou Ted. — Deixe a coelha em paz! Sou eu que você quer, não ela.

— Tudo bem.

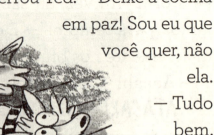

Denise soltou Willow, e agarrou Ted no lugar dela.

—Você não pode fazer isso! — grasnou Ingrid. — Ele faz parte do ato de encerramento! O meu agente entrará em contato com você!

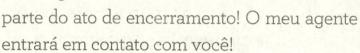

Ao ver os felinos ferozes se aglomerando no palco, Titus soube que precisava fazer algo. Quando o bosque estava sendo atacado, cabia a ele defendê-lo.

Assim, ele se levantou, fechou os olhos, respirou fundo e berrou:

TRONCOCURUTO!

Até aquele momento, os animais do bosque se mantinham paralisados, em estado de choque. Mas com o chamado do Titus, eles souberam o que fazer. Quase sem pensar, todos dispararam em direção às árvores. E então centenas de gritos de **"TRONCOCURUTO!"** preencheram o ar.

Eles começaram a se jogar dos galhos.

—TRONCOCUUUUURUTO!

Voavam pelos ares.

—TRONCOCURUTOOOO!

Os gatos que agarravam Ted o soltaram e correram pra se proteger. Ted procurou e encontrou Willow.

—Você me salvou!—Willow jogou os braços ao redor do Ted.—Agora, rápido, comece a troncocurutar antes que te peguem de novo.

—Mas eu não sei como fazer isso!—disse Ted.

—Apenas pule entre as árvores o mais rápido que puder e tente não cair no chão. VAI!—gritou Willow.—TRONCOCURUUUUUUTO!

Ted se agarrou a um pinheiro e o escalou, indo o mais alto que podia. Ele se esforçou muito pra não pensar no seu medo de altura. Os animais passavam zunindo na ponta do seu focinho em alta velocidade.

A gangue de gatos da Princesa Amorzinho parecia, de fato, muito confusa. Mas um deles

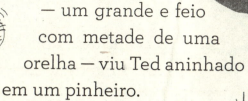

— um grande e feio com metade de uma orelha — viu Ted aninhado em um pinheiro.

— A raposa! Eu a achei! — E o gato começou a escalar o tronco da árvore.

Ted engoliu em seco. Era agora ou nunca.

— **TRONCOCURUUUUUTO!** — ele gritou, e saltou o mais alto que conseguiu.

Ted estava prestes a cair, por isso esticou a cauda pra amortecer a queda – e então a cauda lhe deu um **IMPULSO** dali.

— **TRONCOCURUTO** — ele tornou a gritar, usando a cauda pra empurrar a segunda árvore e... funcionou! A sua cauda grande acabou sendo o recurso perfeito pra troncocurutar.

Os animais do bosque acertaram o máximo de gatos que conseguiram enquanto pulavam, e giravam, e rodavam no ar.

Nem todos eram jogadores talentosos — aquele era um esporte mais pra esquilos, na verdade. Ainda assim, era como um balé lindo, peludo e muito perigoso.

— Trooooncocuruto!

Os gatos estavam apavorados. Eles miavam em pânico e corriam procurando abrigo. Nozes, galhos e esquilos choviam sobre eles, e os gatos perceberam que estavam em desvantagem.

Denise consultou o relógio. Se eles se amontoassem no carro e dirigissem sem parar naquele instante, estariam de volta à Cidade Grande pro café da tarde.

— Retirada! — ela gritou. — Retirada!

Titus bateu duas metades de um coco, como era tradição no final de cada partida de troncocuruto, determinando:

— **TRONCOCURUTO ENCERRADO!**

Os saltos diminuíram, até que o último barulho que podia ser ouvido era o baque surdo de esquilos caindo no chão.

Naquele momento, o jipe do Wiggy surgiu por entre as árvores.

— **TED!** — berrou Nancy, saltando do banco do passageiro antes que Wiggy pudesse parar o carro, e correu até o Titus. — Onde ele está?!

— Ah, querida Nancy, olhe só pra você! — Titus balançou a cabeça. — Suponho que tenha encontrado o Pântano do Desespero.

— Nancy! — Ted gritou. — Onde você estava?

— A Amorzinho tá aqui — ambos disseram ao mesmo tempo.

— Ela foi até a Torre Mágica — informou Nancy.

— É apenas uma questão de tempo até que nos encontre, Nancy.

— Eu vou atrás dela! — exclamou Willow, esmurrando a própria pata.

— Não — contrapôs Nancy, com calma. — Eu tenho uma ideia. Mas, Ted, vou precisar de você. E você vai ter que ser muito, muito corajoso.

Ted chacoalhou os galhos e as nozes do seu pelo.

— Deixa comigo. — Ele sorriu.

CAPÍTULO 15
A Torre Mágica

O Desligador de Cérebros 3000 pesava demais na cabeça da Princesa Amorzinho. Chegar ao topo da colina era difícil pra uma gata que tinha comido tanta pizza igual a ela.

— Quase... lá. — Ofegante, ela olhou para o Descobridor de Raposas. Estava perto do pontinho vermelho que piscava: Nancy estava por ali, em algum lugar.

Depois de muito ofegar, Princesa Amorzinho chegou ao topo da colina. Encostou-se na base da antiga torre de transmissão e esperou que os gatos entregassem Ted.

— A esta altura eles já devem ter capturado aquela coisinha. — Ela olhou pro céu e observou dois pássaros planando acima; eram muito maiores do que os da Cidade Grande, mas achavam-se muito distantes pra serem de grande interesse.

Então, ela ouviu o ruído inconfundível do motor de um carro. O momento chegara! Princesa Amorzinho riu consigo mesma enquanto se levantava e ligava o Desligador de Cérebros 3000. Ele zumbiu e as antenas começaram a piscar e brilhar.

Um jipe descontrolado surgiu na colina, derrapando em uma curva.

— **ENTREGA!**

Um pequeno saco foi jogado pela janela, caindo aos pés da Princesa Amorzinho.

— Huuuunph! — disse o pacote, que se contorcia e se remexia.

Princesa Amorzinho estava prestes a abrir o saco quando ele se rasgou por dentro. O focinho do Ted saltou pra fora à procura de ar.

— **AAAAAAAAAH!** — gritou ele, ao dar de cara com a Princesa Amorzinho e o Desligador de Cérebros 3000.

— Finalmente! — Princesa Amorzinho suspirou. Embora também se perguntasse por que a Denise e os gatos não haviam parado o carro.

— O... Oi — cumprimentou Ted, nervoso.

— Onde. Está. A. Minha. **CAUDA?** — perguntou Princesa Amorzinho.

— Bem. Ahn... Ficou na minha mochila por um tempo e depois a Nancy a pregou na parede da nossa toca. Mas agora não tenho certeza, pra ser sincero. Ouça... sobre a cauda. Sinto muito. Eu realmente achei que era um cachorro-quente.

— **SILÊNCIO!** — berrou Princesa Amorzinho. O Desligador de Cérebro 3000 cintilava e apitava.

— O que é isso na sua cabeça? — Ted quis saber. — É uma coisa divertida ou uma coisa ruim?

Princesa Amorzinho soltou uma risada.

— Isto, querido, é o Desligador de Cérebros 3000. E acho que você e sua irmã não querem saber o que ele faz!

Ted engoliu em seco.

— Mas antes quero a minha cauda de volta. — As garras afiadas da Princesa Amorzinho pairavam sobre o rosto do Ted. — Onde está a sua irmã? Eu sei que ela está por aqui em algum lugar!

— Como? — perguntou Ted.

Princesa Amorzinho sacou o celular da Zoeira.

— Fácil. Eu rastreei o celular dela. Este ponto vermelho me diz que ela está por perto. Agora eu quero que você grite pra chamar a sua irmã! Grite tanto que a faça vir correndo até mim!

Ted sabia o que tinha que fazer. Mas queria perguntar mais uma coisa à Princesa Amorzinho enquanto ainda podia.

Ele respirou fundo e disse:

— Ouça, me desculpe por ter arrancado a sua cauda. Mas e as outras situações? Eu só acho que você tem sido muito malvada. Tudo o que queríamos era dividir igualmente a comida entre todos! Você não acha que

podemos esquecer essa briga? Podíamos voltar pra Cidade Grande, ajudar uns aos outros, compartilhar os momentos bons e ruins. O que pensa disso?

Princesa Amorzinho piscou. E aí, gargalhou.

— Garoto, você deve ser a raposa mais boba que eu já conheci. Não gosto de você. Não gosto da sua irmã. **E EU... NÃO GOSTO... DE DIVIDIR!**

Ela apontou o Desligador de Cérebros 3000 pro Ted.

Uma voz gritou do topo da Torre Mágica:

— **EI, AMORZINHO.**

A Princesa Amorzinho olhou para cima.

— **ESTOU COM SUA CAUDA.**

E lá estava Nancy, equilibrada bem no topo da torre, segurando o megafone da Ingrid.

Ela sorriu e balançou a cauda da gata no ar.

A raiva da Princesa Amorzinho era tão grande que ela começou a tremer.

— **DEVOLVA MINHA CAUDA AGORA MESMO!** — ela gritou.

Mas Nancy apenas deu de ombros.

Princesa Amorzinho foi agarrar Ted e se assustou.

Porque o Ted havia desaparecido.

— Mas o quê...? — Princesa Amorzinho inclinou a cabeça.

— Aqui em cima! — chamou Ted, pendurado nas garras do Frank.

A coruja voava dando a volta no topo da Torre Mágica, e gentilmente colocou Ted ao lado da Nancy.

Princesa Amorzinho não aguentava mais. Ela apontou o Desligador de Cérebros 3000 pras raposas e apertou **DISPARAR**.

ZZAAAAAAP!

O primeiro raio bateu em um canto da Torre Mágica. A força dele jogou longe a Princesa Amorzinho, que caiu de costas. Ela se esforçou pra se levantar e mirou de novo, apontando o laser bem na cabeça da Nancy.

Nancy jogou a cauda da Princesa Amorzinho no ar no momento exato. Ela se desfez em uma explosão de pelos e faíscas, e o cheiro desagradável de gato assado pairou no ar.

— **MINHA CAUDA!** — berrou Princesa Amorzinho, que, zonza, cambaleava pela grama. Ela ainda tinha um raio sobrando.

Usando as duas patas pra se firmar, ela apontou o Desligador de Cérebros 3000 pro Ted.

Só que... ela não conseguia mais ver o Ted. Porque uma águia gigantesca voava na sua direção. E estava dizendo alguma coisa.

— **OS ALIENÍGENAS!** — gritava Pâmela. — **OS ALIENÍGENAS CHEGARAM!!!**

Ted, Nancy e Frank, agora sentados confortavelmente no ninho da Pâmela concordaram.

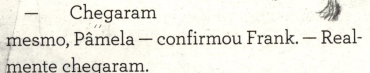

— Chegaram mesmo, Pâmela — confirmou Frank. — Realmente chegaram.

— **NÃO!** Eu não sou uma alienígena! — Desesperada, vendo Pâmela se preparar pra atacar, a Princesa Amorzinho retirou rápido o Desligador de Cérebros 3000 da cabeça. — Viu? Sou só uma gata! Uma gata comum!

Mas já era tarde demais.

Ted cobriu os olhos.

Nancy comemorou.

Frank piou.

E Pâmela mergulhou fazendo com a Princesa Amorzinho a mesma coisa que fez com o rato Tony Fungafunga.

CAPÍTULO 16
Dando adeus ao bosque

Após os eventos do dia anterior, Titus e Ingrid concordaram em fazer outro Grande Show, visto que nunca terminaram o primeiro.

— Quer uma balinha? — Titus ofereceu um saquinho à Nancy.

— Não, obrigada, Titus. — Ela sorriu. — Estou comendo tirinhas de carne. Não quero misturar doce e salgado, sabe?

— Obrigada, pessoal, obrigada — disse Ingrid, do palco. — Agora, pro nosso próximo ato, damos as boas-vindas a dois jovens talentos que foram uma adição maravilhosa aos atores do bosque nesta temporada.

— Ah, são eles! — Wiggy cutucou Nancy.

— E sei que falo por muitos de nós — Ingrid prosseguiu — quando digo que ficarei muito triste ao ver um dos nossos jovens partir. — Ela segurou um lenço próximo ao bico. — Mas a vida continua... sem parar...

Tamara tossiu.

— Me desculpem, enfim, por favor, deem uma grande salva de palmas para **TED E WILLOOOOOOW!**

Ted e Willow saltaram no palco. As luzes diminuíram.

— Pronto? — sussurrou Willow.

Ted confirmou.

A dança começou devagar, com Ted e Willow rodeando um ao outro como ladrões em uma galeria de arte. Ted parecia estar vestido de árvore, e Willow dançava graciosamente, fingindo ser o vento balançando os galhos do Ted.

— Nossa, é terrivelmente poético — comentou Wiggy.

Mas então, de repente, uma música de discoteca frenética e alegre começou tocar do nada, Willow estava usando um vestido de festa multicolorido, e Ted a girava acima da cabeça.

Um dos eficientes esquilos desligava e ligava uma luz com rapidez pra criar uma iluminação emocionante. A plateia batia as patas no ritmo.

O queixo de Nancy caiu até o chão. Ela não fazia ideia de que Ted podia fazer tudo aquilo.

— O jovenzinho é talentoso, hein? — Frank indicou com a cabeça.

Ted agora fazia um elaborado sapateado com duas tampas de lixeira presas aos pés.

E então, pro encerramento, Willow deslizou pelo palco segurando um abacaxi em chamas, que ela jogou de forma dramática no chão enquanto gritava:

— O FUTURO É NOSSO!

A plateia foi ao delírio.
— Foi perfeito, Ted! — disse Willow. — Você foi incrível!

O coração do Ted estava na garganta. Tinham sido os cinco minutos mais intensos da sua vida, e ele amara cada segundo.

Por fim, a plateia parou de aplaudir. Ted apenas ficou lá, olhando pra multidão. Ele podia ver Nancy, Titus e Frank. Os texugos, os coelhos, os esquilos. Até mesmo Pâmela estava empoleirada na última fileira.

— Pessoal? P-Posso ter um minutinho da sua atenção, por favor? — Ted gaguejou.

A plateia ficou em silêncio.

— Eu só queria dizer que... vivi momentos incríveis aqui. Muitas coisas aconteceram. Mas vocês têm sido grandes amigos pra mim e pra Nancy.

— **UHUUU!** — comemoraram Frank e Wiggy.

— Quietos. — Nancy tentava disfarça um sorriso.

— Quero dizer... obrigado.
— Ted estava emocionado. — Obrigado por serem tão receptivos e por cuidarem de nós quando mais precisamos. Como vocês sabem, a Nancy e eu iremos voltar pra Cidade Grande depois do show.

Ouviram-se alguns "uuuuus", e Titus se aconchegou sob a asa do Frank.

— Prometo que nunca esquecerei vocês. — Ted suspirou. — Vou sentir **TANTA** saudade de vocês... especialmente de você, Willow. Você é a melhor amiga que eu já tive.

Grandes lágrimas rolaram pelo rosto da Willow.

— Mas também preciso agradecer à minha irmã mais velha, Nancy. Em primeiro lugar, por nos deixar ficar pra que eu pudesse fazer parte do show. Mas também porque sem ela eu não estaria aqui.

Ela cuida de mim desde que me lembro. Por isso, mesmo estando triste por deixar o bosque, também estou feliz. Porque estarei com ela. E aonde ela for, eu vou. Porque ela é o meu lar.

Willow e Ted se abraçaram, e ele chorou de soluçar no pescoço da sua amiga adorável. Na verdade, todos soluçaram no pescoço de todos, porque foi o momento mais fofo e triste, e isso é um fato.

Enquanto todos choravam, Nancy foi até o palco em silêncio.

— Vocês podem parar com isso, por favor? — disse Nancy ao microfone. — Porque também tenho algumas coisas pra falar.

— Oooooooh! — disseram todos.

— Quando cheguei aqui, pensei que todos vocês fossem um bando de malucos.

— Bom, errada ela não está — afirmou Titus.

— E pra ser honesta — continuou Nancy —, eu ainda acho que vocês são um bando de malucos. Mas vocês foram bons pro Ted. E foram bons para mim, mesmo quando eu não mereci.

Frank deu uma piscadinha pra ela.

— Nunca vi o meu irmãozinho tão feliz quanto aqui no bosque.

Ted enxugou as lágrimas.

— Sendo assim, eu decidi que nós vamos ficar.

— **AAAHN!** — Todos se surpreenderam.

— Tudo bem por você, Titus? — perguntou Nancy.

— Ora, vocês **DEVEM** ficar! — Titus sorria largo. — Vocês se encaixam aqui! Os **DOIS**.

Sem saber o que dizer, Ted abraçou Nancy com toda força.

Todos **COMEMORAVAM** e assopravam apitos, e alguém começou a tocar uma música no violino.

— Eu te amo, mana — Ted sussurrou.

— Também te amo, maninho.

Nancy olhou ao redor deles.

Entre as árvores, ela viu a torre de transmissão, os carrinhos de mercado, o lago fedorento, o trailer enferrujado do Titus e as estrelas brilhantes que iluminavam o céu acima deles.

— Você tá falando sério, Nancy? Podemos ficar aqui de verdade?

— Sim, meu irmão querido. Podemos. O bosque é estranho, mas é o nosso lar.

Queridos mamãe e papai,
Só queria escrever para avisá-los que vamos ficar um pouco mais no bosque. Todos têm sido tão gentis com a gente, e parece a coisa certa a fazer. Mal posso esperar pra contar tudo a vocês. O Frank desenhou um mapa no verso deste cartão-postal. Isso poderá ajudá-los a nos encontrar.

Amamos vocês.
Beijos,
Ted e Nancy

ASSINE NOSSA NEWSLETTER E RECEBA INFORMAÇÕES DE TODOS OS LANÇAMENTOS

www.faroeditorial.com.br

ESTA OBRA FOI IMPRESSA
EM AGOSTO DE 2025